U0052576

如果鎮的許願井

A Drop of Hope

Keith Calabrese
凱斯・卡拉布雷斯 著
沈奕伶 譯

三民書局

獻給我的老師們

這個故事始於一個願望，終於一場犯罪。

願望沒有實現，犯罪也沒有受到懲罰。

人生有時候就是這樣。

但這也不見得是壞事……

1 閣樓裡的驚喜

恩尼・威爾梅特獨自待在去世的爺爺家裡，但他真心希望自己不在這。

他站在閣樓門前。這個門比一般的門板薄，也比較矮，大概矮了六到八英寸，但對恩尼來說沒什麼差別。恩尼十一歲，再過四個月就要滿十二歲。他在一個月前升上六年級了，但你看到他的時候絕對猜不出來。他還是只能坐在汽車後座，因為他身高不夠高，體重也不夠重，無法使用前座的安全氣囊。

不管體型是否太小，恩尼已經許下諾言。而且，他當時允諾的對象是一個即將死去的人。恩尼猜這是那種你非守住不可的諾言。

那是在去年春末時，他和艾迪爺爺兩人單獨在廚房裡做三明治。

「恩尼，你可以幫我一個忙嗎？」艾迪爺爺問。

「可以啊，」恩尼回答，以為爺爺只是要叫他去冰箱拿芥末醬。

「答應我，在我死後，你會幫我清理閣樓。」

這個要求聽起來出奇地慎重，對恩尼來說更是如此，因為當時他還不知道爺爺病得多重。從來沒有人在恩尼面前談過爺爺生病的事，恩尼還太小，大家從不告訴他真相。

問題顯而易見，不過恩尼很害怕問出口。但同時，他也被好奇心驅使著。「閣樓裡面有什麼？」

艾迪爺爺一臉疲憊地凝視著他，他的眼神看起來彷彿知道什麼祕密的樣子。「噢，就只是一些很久以前就該送走的東西，」他的聲音聽起來很遙遠，而且很嚇人。恩尼希望這只是藥物的副作用，他爸媽至少有告訴他這件事。他們說艾迪爺爺的藥會讓他有點恍惚、神智不清。即使如此，恩尼無法忽視爺爺這幾個星期以來直盯著他看的神情，彷彿他知道什麼關於恩尼的祕密，卻不告訴他。

「好吧，」恩尼回答，口氣有點不確定。

「很好，」虛弱的老人應道，接著突然恢復正常。他拍拍恩尼的頭頂。「就這麼說定了，我們來吃午餐吧。」

恩尼不知道該如何解釋這一切，但在艾迪爺爺起身走去冰箱拿飲料之前，有那麼一瞬間，空氣彷彿凝結了。那一瞬間似乎很重要，比其他時刻更加關鍵。接下來他們恭敬虔誠地在廚房桌前安靜吃著火雞肉三明治，彷彿恩尼和他爺爺才剛立下了一個重大的盟約，就像在恩尼愛看的書中，希臘神祇歃血為盟的情節一樣。

沒過多久，艾迪爺爺的病情突然惡化。他高燒不退、虛弱不已，還開始咳血，馬上就被送去醫院。醫生在他手上插管，把藥注射到血管裡。藥物讓他昏昏欲睡，意識模糊。

恩尼最後一次見到艾迪爺爺的時候，他變得很瘦弱，而且他的皮膚暗沉，鬆垮地包覆著骨頭。那時，垂死的老人還很清醒，他用一種慌張、尖銳的聲音懇求著……

「告訴恩尼！叫他不要忘了閣樓！」艾迪爺爺已經好幾個星期沒起身了，但這時他卻從床上坐起來。他直視著恩尼，但似乎沒認出他來。

「親愛的，這只是藥的副作用，」恩尼的媽媽安慰他，同時，恩尼的爸爸設法讓艾迪爺爺冷靜下來。「他不知道他在說什麼。」

艾迪爺爺癱倒回床上，仍舊抽咽著。再度開口時，他聽起來就像個孩子。「我都留著，」他爺爺說道，聲音聽起來微弱而遙遠。「我全部都還留著，」艾迪爺爺看起來很害怕，又同時像是得到了解脫，他將手伸向天花板。

「蘿蔔，」老人說道。「那些東西我都留著。」

接著他就斷氣了。

這是八星期前的事了。

恩尼真的很想離開，他想走下樓梯，走出前門，忘了所有的事情。他爺爺還活著的時候，那個漆黑、布滿灰塵的閣樓就已經夠嚇人了。但他不能回頭，他沒辦法反悔，他已經答應爺爺了。

他閉上眼睛，深吸了一口氣，然後把門打開。

閣樓一片混亂，到處堆滿舊物，恩尼花了足足二十分鐘才清出一條通到閣樓中間的路。

他將一疊箱子從另一端的牆前移開，露出了一扇波形老虎窗。清除窗戶前的障礙物後，陽光透進了閣樓。

恩尼在房間角落看到一把老舊的搖椅。一件用塑膠袋包裝的百衲被掛在椅背，幾個盒子則整齊地擺在座椅上。

他朝搖椅走近，看到盒子裡面裝的是玩具——舊玩具，但也是新玩具。它們放在那裡好一段時間了，所以很古老；但因為都還好好保存在原包裝裡沒有拆封，所以很新。

一開始，恩尼猜想這些玩具是艾迪爺爺死前買來要送他的。不過這些盒子很舊，幾乎像古董，也被保存得很好，收藏家會用「簇新」這個詞形容它們。恩尼不確定這些玩具是要給誰的，但因為時間太久遠了，不會是給他的。

就在他正要從搖椅旁離開，走到房間另一個角落的時候，一道銀色光芒從窗戶投射進來，像聚光燈一樣照在擺滿玩具的搖椅上。光線特別落在一個盒子上——一套美術用具組。

他拿起盒子，盒子比他想像中還重。外盒是木製的——實木製的。裡面有一整組的素描鉛筆、管裝顏料、筆刷、粉筆、炭筆和一些畫板。雖然是給初學者的美術用具組，但這可是一組貨真價實的寶貝，值得好好珍藏。不像現在那種打開之後就隨處亂丟、不見了也不會心疼的美術用具。

從窗戶投進的光線照得美術用具組閃閃發光，彷彿在召喚著恩尼，恩尼無法抗拒這股奇異的感受。雖然可能只是光線造成的錯覺，可能只是陽光照在布滿灰塵的玻璃上會產生的折射效果之類的，但恩尼卻無法忽視那種彷彿遇上關鍵時刻的感覺，就像爺爺第一次請求他清理閣樓那時一樣。

他小心翼翼地捧起木盒，記起在那一天，艾迪爺爺彷彿瞞著什麼祕密的表情。「就只是一些很久以前就該送走的東西，」他曾這麼說。現在，恩尼低頭看著這盒美術用具組時，他覺得命運似乎在催促著他說：「快，拿去吧，你可能會需要它。」

他又盯著那個盒子看了一會兒，但命運顯然拒絕透露更多線索。

與萊恩・哈迪作對的割草機

沒用的廢物割草機。

萊恩・哈迪蹲下來盯著翻倒的機器看。是萊恩把它翻倒過來的，因為割草機剛才把割下的草全噴出來了。又一次。

不過這是他自作自受，因為他太久沒割哈默利太太家的草坪，草已經長得太茂密了。機器根本無法負荷這麼茂密的草，但因為他想快點除完草，還是跟平常一樣設定把草剪到最短，所以他只處理了院子的四分之一，割草機就已經當機三次。

萊恩低頭看著割草機，割草機仰躺在草地上，一副心滿意足想賴在那裡一整個下午的樣子。如果可能的話，萊恩很確定機器一定會在這時對他比中指。

做好事不一定有好報，但萊恩很確定一件事：做好事就像滾雪球一樣，越滾越大，越做越多。自從哈默利先生過世之後，兩年以來，萊恩一直在幫老寡婦除草，下雪的時候則幫她除人行道和車道上的雪。還有秋天掃落葉、春天清水溝，每週也要把垃圾桶推到路邊，等垃圾車收走垃圾後再推回房子側邊。基本上，萊恩幫老太太做所有可能會讓她摔傷骨盆或心臟病發的雜事，而且是免費幫忙。

萊恩知道哈默利太太是大人口中所謂「收入固定的人」，那是一種形容某人沒錢的委婉說法。他對她想省錢的小舉動並不陌生：她家雖然很乾淨整潔，但廚房永遠沒什麼食物；她的電器都很老舊，也沒有電腦或手機，萊恩知道很多人就算沒有錢都還是有這些東西。

這塊草坪維護起來不難，大多時候，免費幫忙除草讓萊恩感覺很好。但今天不然，今天他覺得自己像個傻子一樣浪費了大好星期天。

萊恩的視線從翻倒的割草機轉移。他抬起頭，看到一輛昂貴的進口轎車緩緩駛來。一輛從北區來的車子。

那是恩尼・威爾梅特，他早該猜到的。威爾梅特家是鎮上的有錢人，他們住在鎮上最昂貴的房子裡。房子用了大量玻璃，設計摩登、線條簡約，是那種通常會豎立在山頂上的房子。但因為俄亥俄州沒有高山，所以威爾梅特家只好在北邊最大的山坡上落腳。

威爾梅特太太開著車，恩尼坐在後座，他看到萊恩，於是向他招手；萊恩不得不回應他，所以也向他招手。萊恩會覺得自己被迫做出回應，是因為他的爸爸在恩尼爸爸的工廠裡當工頭，但他其實不喜歡恩尼，一點也不想和他打招呼。

昨天萊恩才花了一整個下午幫對街威爾梅特家的草坪除草。自從艾迪・威爾梅特——也就是恩尼的爺爺——在春天生病去世之後，他就開始除那個院子的草。萊恩其實跟艾迪・威爾梅特不熟，但他喜歡這個老人。因為就算萊恩只是個小孩，他也讓萊恩喊他艾迪。雖然艾迪很富有，但他從來沒搬離南區；除草的工作也從不假手他人，直到他病得太重，無法自己除草為止。也就是在這個時候，恩尼的爸爸雇了萊恩，在他們決定要如何處理這棟空屋之前，請萊恩先負責照顧院子。

內心深處，萊恩知道恩尼不是壞人。雖然他是有錢人家的小孩，他卻沒有表現出自以為是或高人一等的態度。不過他就是一副不知人間疾苦、無憂無慮的樣子，總是面帶微笑，總是一臉友善，總是心情很好。他屬於那種「只看到人生光明面」的類型，因為他也只知道光明面，恩尼似乎從來沒有煩惱。

這讓萊恩心裡很不舒服。

坐在後座的男孩

恩尼下樓的時候，他媽媽正坐在門廊等他。

「該拿的東西都拿了吧？」她問，一邊朝車子走去。

「應該吧，」恩尼說。

當車子開在艾迪爺爺家的那條路上時，恩尼瞥見一個正在除草的男孩——萊恩・哈迪，他的同班同學。

恩尼不想讓萊恩看到他坐在後座，但總是事與願違。恩尼想假裝看向另一邊，但太遲了，萊恩看到他了，因此恩尼不得不招手。他覺得自己像個嬰兒似地坐在後座，看起來超遜的。萊恩可能從來沒坐過車子後座，就算他真的是個嬰兒的時候也沒有。萊恩七歲的時候就開始除草了。七歲！恩尼的媽媽才不准恩尼除草，因為他要拉長手臂才能搆到割草機的操作桿。

車子開過鎮上的時候，他媽媽不發一語。就算她注意到了恩尼座位旁邊的美術用具組，她也沒說什麼。恩尼知道她在煩惱很多事。而且，他爸爸最近不停地工作，就算在家也是一樣。他爸媽心裡有很多煩惱，雖然他不太清楚他們在煩惱些什麼，但他感覺得出來。

他們從來就不會和恩尼多說，當然囉，就跟艾迪爺爺生病的時候一樣，他們從來就不在恩尼面前談論重要的事情，這讓恩尼很不是滋味。這種感覺就像坐在車子的後座一樣，而且還更糟。

這種感覺就像即使他與自己的家人在一起，他仍坐在他人生的後座。

哈默利太太

車子開了過去，萊恩將注意力轉回割草機。他雙膝跪下，掀開擋草板，開始清理卡在割草機底盤裡的草。

「萊恩，親愛的，小心啊！」哈默利太太急急忙忙走到屋外，紗門砰地一聲關上，她瘦弱的手顫抖地拿著一杯檸檬汁。

「不用擔心，哈默利太太，引擎沒有發動。」

「噢，還是要小心，」她緊張地說。「我不太確定。」

萊恩把手從割草機底盤移開，往後退一步。

哈默利太太明顯放鬆下來。「想喝檸檬汁嗎？」

她很瘦小。就算在大啖含五道菜的牛排大餐後，她也頂多九十磅而已。她伸手遞檸檬汁給萊恩時，看起來彷彿會因為重心不穩而往前摔倒。

「好啊，謝謝。」萊恩接過杯子。檸檬汁是現榨的，不是用粉泡的，他知道要擠那麼多檸檬一定花了她好一番力氣。她的指頭因為關節炎變形了，她的手一定很痛，但她從來沒和萊恩抱怨過。哈默利太太是萊恩遇過最體貼的人。

她回屋裡之後，萊恩把割草機的刀片調到適當的高度，來回除了兩次草。不過他也發誓，等四年後他拿到汽車駕照時，他一定會把這臺廢物割草機載到縣立的蓄水池，把它扔進池子裡。

2 尷尬的相遇

調整割草機刀片之後，萊恩順利割完哈默利太太的院子，沒再遇到什麼障礙。事實上，除完第一次草之後，草已經是正常高度。除第二次時，萊恩輕輕鬆鬆就完成工作了。

哈默利太太從後門走出來，手裡握著幾張整齊對折的鈔票。

「已經付過了，哈默利太太。」他說，搖搖手拒絕拿錢。

她看著他，和往常一樣一臉疑惑。「是嗎？」

「嗯，妳沒欠我。妳在月初就付過了，還記得嗎？」

哈默利太太疑惑地搖搖頭。「好吧，萊恩，既然你都這麼說了。」

她把錢放進圍裙口袋的樣子，彷彿認為錢並不屬於那裡。

「我只剩下垃圾要推出去。還有什麼要我幫忙的地方嗎？」

「沒了，親愛的，」哈默利太太說。「趁現在天還亮著，快去玩吧。」

通常，萊恩不喜歡別人對他說「快去玩」，但他很了解哈默利太太，她的意思比較像是：去享受人生，找點樂子，不要浪費青春。

「好的，」萊恩說。「我星期四再來。」星期四是買菜日。

哈默利太太再次謝謝萊恩，她拍拍圍裙口袋內的鈔票，似乎在試著回想她剛才沒完成的事，接著就走進屋裡。

萊恩推著院子的垃圾桶到路邊，麗琪・麥康柏剛好也走出家門。她和萊恩同班。自萊恩有記憶以來他們就認識了，他們小時候很常一起玩，彼此熟到連去對方家都不用敲門。

但現在不一樣了。

「嗨，萊恩，」她說，手中抱著一疊雜誌。

「喔，」萊恩應道。「嘿。」

「我可以問你一個問題嗎？」麗琪微笑，但笑容不太自然。萊恩不太理解她眼神想傳遞什麼訊息，那眼神像是她要捉弄人一樣。

「什麼問題？」

麗琪舉起一本雜誌。那是一本時尚雜誌，有時候他媽媽也會買來看。封面的模特兒有著金色長髮，穿著低胸緊身洋裝。

「你覺得她漂亮嗎？」

這就是所謂的誘導性問題。萊恩當然覺得模特兒很漂亮，她會出現在雜誌上就是因為漂亮。

「我不知道，」他聳聳肩。

「那她呢？」麗琪很快換了一本雜誌，翻到有折角的那頁。這個模特兒留著黑色短髮，穿著短裙，露出一大截的腿。萊恩搞不清楚麗琪想表達什麼，但她的問題讓他很不自在。

「我說了，我不知道。妳為什麼要問我？」

「萊恩，你就說吧，」麗琪的語氣像是在和萊恩說你怎麼可能不知道，女生很常對男生說這種話。「這又不是什麼很難的問題，她漂亮嗎？」

「當然，嗯，她很漂亮，」他脫口而出，希望能結束這段對話。「這樣可以了吧？」

「比我還漂亮嗎？」

萊恩皺起眉頭。「別問這種奇怪的問題，」他惱火地說，音量比他想像中還大。他從她身旁逕自走過，步上人行道。

麗琪站在那裡一臉受傷地抱著雜誌。

「我只是問問！」麗琪在他身後喊道，但他只是繼續往前走。

一年帶來的改變

麗琪把雜誌丟到沙發上，自己也跟著倒下去，把臉埋在抱枕裡。她這輩子從沒感覺這麼蠢過。萊恩看著她的表情，就好像她很噁心幼稚，好像她是瘋子一樣。

她開口問他第一個模特兒漂不漂亮的時候，她就知道自己不該這麼做。把頭歪向一邊、露出迷濛的眼神對萊恩一點用也沒有。還有她剛剛說話時用的那種輕柔、唱歌般的語調，根本就不像她的聲音！

這是因為那本來就不是她的聲音，那些雜誌也不屬於她。它們屬於麗琪的表姊雀兒喜。

雀兒喜的年紀比麗琪大，喜歡把她的小表妹當成寵物或舊娃娃一樣玩弄。不是那種女孩會去寵愛、珍惜的娃娃，而是無關緊要的那種，可以讓她做實驗、搞砸也無所謂的雜牌娃娃。

過去這幾個月以來，因為麗琪的媽媽要去醫院工作，所以麗琪幾乎每週六都待在雀兒喜家。就在最近，雀兒喜決定把麗琪當成她的實驗計畫。雀兒喜和她媽媽——派蒂阿姨——當著麗琪的面評頭論足好一會兒，說要改造她的衣櫥、她的髮型和膚況。基本上，她們就是想徹底改造麗琪。

麗琪當然不想成為別人的實驗計畫。她意識到，其實她阿姨和表姊只是偽裝成為她著想的樣子，實際上卻是在公開地批評她。麗琪知道她們內心對自己和媽媽的看法，她有看到雀兒喜和派蒂阿姨在她媽媽脂粉未施、穿著醫院的制服，送麗琪來她們家時，她們那種鄙視的眼神。麗琪也知道在她媽媽輪班結束、一身疲憊來接她的時候，派蒂阿姨心裡在想什麼……

太可悲了，這就是妳無法保住男人的下場。

所以，昨天雀兒喜把那些時尚雜誌丟到麗琪手中時，她知道她表姊真正的意思。

這給妳。除非妳想變得和妳媽一樣，不然妳最好做一下功課。

最糟糕的是，有時候麗琪也很怕或許她阿姨和表姊是對的。麗琪很愛她媽媽，但她看過她爸爸食言沒來訪時，她媽媽難過的表情，也有聽見之後她在房間裡哭泣的聲音。麗琪不想像她那樣，她很害怕自己會變得像她一樣。

一年前一切都簡單多了。一年前她還可以像往常一樣去和萊恩打招呼。她和萊恩從小時候——還在包尿布的時候——就是朋友了。

但現在他們不小了，而且一年帶來了很多改變。一年前麗琪的爸爸還住在家裡，一年前她根本不用每個星期六在媽媽輪週末班時到派蒂阿姨家報到。一年前她根本不可能做出用時尚雜誌和萊恩・哈迪打情罵俏的這種蠢事。

雖然她努力不去想，但頭腦卻不斷重播那段和萊恩對話的可怕經歷。注意細節讓她在學校一向無往不利，但現在這項能力卻讓那些折磨人的片段不斷在腦海裡鮮明地重播。當時的情況就好像只要一開始，她就無法停下來。在給萊恩看第一張照片之後，她就只能再給他看第二張，然後更多張。如果不是萊恩被惹惱，直接轉身離開的話，她會一張接著一張給他看，讓自己出醜……

麗琪想生萊恩的氣，但其實他是幫了她一個忙，就像少年棒球聯盟提前結束比賽的規則一樣，他終結了她的痛苦。

麗琪聽到她媽媽的房間裡有一點動靜，於是她擦乾眼中的淚水。

「嗨，媽，」房門打開時，麗琪很快地應道。

「嗨，親愛的，」麗琪的媽媽揉了揉眼睛，她的眼睛浮腫，壓著枕頭的一側臉頰還紅紅的。「我的天，我整個睡死了，」她邊說邊笑著，手指撫過一頭亂髮。

哇，她看起來真的一團糟，難怪……

麗琪緊緊閉上眼睛，想要擋下這些想法。她恨自己讓這種想法進到腦中，恨自己透過阿姨和表姊的眼光來看待媽媽。

麗琪的媽媽走進廚房，查看冰箱。她似乎不太滿意，又走出廚房，仔細盯著麗琪看，麗琪擔心她媽媽會看到自己臉上的淚痕。

「妳知道嗎，」她媽媽說，彷彿要做出什麼重大的決定。「今晚我想嗑個起司漢堡，妳覺得怎麼樣？」

麗琪不太想吃漢堡，但她媽媽似乎很想一起做點什麼特別的事，來拉近親子關係之類的。

「好啊，」她說。「聽起來不錯。」

歡迎光臨懸崖唐納利

萊恩從廚房走進屋內，他聽到起居室傳來電視聲。他從男性的爭執聲就可以聽出來那是他爸在看的電視節目。

他爸爸最近很常看這種節目，看著一群穿著西裝的男人坐在桌前對彼此大吼大叫。他們老是在吼叫，就算他們同意對方，也還是大呼小叫的。這些穿西裝的男人總是很氣憤——氣那些把事情搞砸的人。萊恩不太確定到底是誰把事情搞砸，更不確定他們實際上是怎麼把事情搞砸的；那些穿西裝的男人似乎總是把過錯都推到其他國家的人身上，或是住在這裡，卻看起來像外國人的人身上。

以前他爸對這種古板又自命不凡的人不屑一顧，他都稱他們「膨風的人」，他說這種光說不做、帶紅潤圓臉的男人，根本不值得一聽。

但現在，他爸卻會聽他們說話，萊恩不懂為什麼。這些節目只會讓他爸也變得很憤慨。有時候經過起居室時，萊恩會聽到他爸對著電視抱怨著「簡直是在亂搞」和「整個國家都壞光光了」。他說話的聲音低沉，一點都不像他的聲音。

萊恩知道他爸不是唯一一個這樣抱怨的人。

離萊恩家大概一英里外,在小鎮邊緣的馬路旁有個式樣簡單的白底黑字指示牌。指示牌的字體正式、易讀，上面應該要寫著：

歡迎光臨懸崖唐納利

WELCOME TO CLIFFS DONNELLY

人口：22,177

懸崖唐納利。以一個小鎮來說，這名字還真奇怪，讓人不由自主想問，為什麼不叫它「唐納利懸崖」，或者是「唐納利之崖」？根據萊恩的老師厄爾先生所說，小鎮原本的名字（回溯到一八三五年它剛被劃分的時候）應該是「克里弗頓唐納利」(Clifton Donnelly)，是以鎮上最出名的兩大家族——克里弗頓和唐納利命名。但唐納利家族卻賄賂指示牌製作商，想把克里弗頓的名字去掉。不過，唐納利家族雖然狡猾，動作卻很慢。當他們去賄賂製造商時，前四個英文字母CLIF（克里弗）已經刻好了。於是他們只好再多加一個F和一個S，把克里弗頓(Clifton)改成了懸崖(Cliffs)。小鎮鎮名「懸崖唐納利」(Cliffs Donnelly)因此而生。

總之，這是厄爾先生說的。那男人是個說故事高手，你永遠無法確定從他那裡聽來的故事是真是假。不過萊恩可以確定的是，懸崖唐納利根本就沒有懸崖。

當然，萊恩知道在小鎮北區的指示牌寫著的是「歡迎光臨懸崖唐納利」，但在他所住的小鎮南區，有人用黑色噴漆重噴了I、一個F、O、一個N、一個L，以及Y，所以你在指示牌上只會注意到：

IF ON LY

If only，「如果鎮」。

這很快就變成小鎮的暱稱，因為鎮上總是又有一間工廠倒閉，又有商店要搬走。更多人失業了，小鎮也越來越冷清。

一開始鎮上南北兩邊的人只是在開玩笑，後來這個暱稱卻成了悲哀的事實。以前，人們會說類似這樣的話：「如果我高中時沒摔傷膝蓋就好了，搞不好我現在就是職業球員了，」或者「如果我有勤一點練吉他就好了，搞不好我現在就是大明星。」現在，人們則說：「如果工廠沒倒閉就好了，我就不用賣掉自己的房子，」和「如果我不用在健保和瓦斯帳單之間二選一就好了。」當然，這些人知道他們永遠不可能成為職業球員或大明星，不過沒有關係，因為他們知道只要努力工作、好好生活，事情總會有解決的辦法。但現在的問題就在於，事情不再像以前一樣好轉起來了。

也就是因為如此，萊恩的爸爸和其他人才會這麼忿忿不平。

萊恩很愛他爸，但最近，他不太喜歡待在他身邊。不久之前他們還很常在一起打發時間。以前他們總是一起看電視——大多是看老電影——但現在萊恩和他爸已經好幾個月沒一起看電影了。

萊恩走上樓，發現他媽媽在迪克蘭的房裡。迪克蘭在嬰兒床裡睡覺，他媽媽坐在搖椅上看書。她總在空閒時看書，或拿著筆做填字遊戲，而且，她可以在超短的時間內就解開數獨。她是萊恩認識的人中最聰明的一個。

「她對這個家來說太聰明了，」以前，萊恩的爸爸還有心情開玩笑的時候，他常這麼說。

「嗨，親愛的，」她低語。「哈默利太太家的草坪割好了？」

萊恩點點頭。「終於，」他嘆氣，身體靠在門框上。

「餓了嗎？」她站起來。

萊恩揮揮手。「我不餓，媽，」他輕聲說，不想打擾她看書。迪克蘭再過不久就會醒過來，接下來一連串的準備晚餐、洗衣、幫弟弟洗澡，可有得她忙。

只要有辦法，萊恩就會盡可能幫忙，但這件事就是沒有辦法——迪克蘭就是不喜歡他。他不讓萊恩抱，甚至不讓萊恩靠近他，好像深怕萊恩會把他放在電源插座旁，用一堆刀叉電他。

萊恩瞄了一眼在嬰兒床裡的迪克蘭。他小弟仰躺著，雙手向外伸展，雙腳也大大地張開，像一隻翻過來的青蛙。

迪克蘭動了一下，皺起鼻子，嬰兒小臉露出一個惱怒的表情。

就算在睡夢中他也不喜歡我，萊恩心想。

萊恩沖完澡換完衣服出來時，迪克蘭已經醒了，他和媽媽在樓下，他媽媽正煮著晚餐。

萊恩下樓幫忙擺餐具，接著他媽媽要他到起居室叫爸爸吃晚餐。

他發現爸爸在椅子上睡著了，眉頭深鎖著，彷彿他還聽得見電視裡男人們的爭執聲。萊恩輕輕搖了搖他的肩。「爸？爸？」他說。

萊恩的爸爸眼睛睜開一條縫。

「爸，吃晚餐了。」萊恩說。

他爸爸眨了眨眼，深吸一口氣，點頭表示他馬上就去。

晚餐時大家都很安靜，除了迪克蘭之外，他還太小感受不到這種尷尬的靜默。萊恩的爸媽閒聊了幾句來填補寂靜，他們聊著晚餐以及萊恩的爸爸可能整週都會加班的事。

這已經不是什麼新聞了，萊恩的爸爸幾乎每晚都在加班。雖然他沒多說，但其實威爾梅特鍛模公司出了問題。自萊恩有記憶以來，這個區域的工廠就一間間地關閉，外遷到墨西哥或亞洲。萊恩聽到傳言說，威爾梅特的工廠可能就是下一個。

「這週末你有去割威爾梅特家的草坪吧？」萊恩的爸爸問他。

萊恩點頭。「週六割的。」

萊恩的爸爸從褲子後面的口袋掏出一個公司信封交給萊恩。之前他爸爸要萊恩自己去和威爾梅特先生談除草的價錢，所以他聲稱不知道萊恩向他老闆開價多少。「這是你和威爾梅特先生之間的事，」他爸曾說。「這是你的生意。」

萊恩把錢收起來後，他爸爸還是一直看著他。「所以今天是除哈默利家的草坪囉？」

「嗯，」萊恩回答。

「她還是沒付你錢？」他爸爸用那種大人明明已經知道答案，卻還是明知故問的口吻問道。

「沒關係啦，爸。」

「我不覺得沒關係，」他爸說，用叉子叉起一塊小小的馬鈴薯。

「道格……」萊恩的媽媽輕聲說。

「凱倫，他可以自己回答。」

萊恩直視他爸，但同時也留意著自己的態度。「就像你說的，這是我的生意。」

他看到他爸脖子上的肌肉緊繃起來。父母總是教導小孩要挺身捍衛自己的立場，但他們從來就不希望小孩對他們自己這麼做。而且萊恩還加倍奉還，用他爸自己的話來反擊他。

道格・哈迪盯著他兒子好一會兒，接著往後滑動椅子。「好，」他不以為然地低聲說道，起身走回起居室。

威爾梅特鍛模公司

在大房子裡，寂靜更會被加倍放大，而恩尼家正是一棟大房子。恩尼的媽媽生於一個大家庭，也想組成一個大家庭，他的父母都想，所以他們蓋了一棟大房子，還附加一個很大的院子，孩子們能在其中大吼大叫、玩得很瘋，然後弄髒屋子的地毯。

但他們只有恩尼。瘦小的恩尼是他們唯一的孩子。

吃完晚餐後，恩尼一如往常幫爸爸倒了杯咖啡。他爸爸埋頭工作，心不在焉地說了聲謝謝，恩尼很驚訝他爸居然還有發現他走進房間。

恩尼的爸爸經營家族事業——威爾梅特鍛模公司。公司專門生產，嗯，各種零件。

所有的機器，不論是土司機還是曳引機，鬧鐘還是噴射客機，洗碗機還是心律調節器，它們都是由很多小零件所組成。這些小零件得完美互相搭配、一起轉動才能讓機器運作。個別來看，這些零件很不起眼。它們只是一些有孔洞和楔子的零件，或有弧線和稜角的奇怪物品，沒什麼引人注目的地方。

只要它們能讓機器運轉就行了。

威爾梅特鍛模公司成立於一九四五年，創始者是艾格・威爾梅特，也就是恩尼的曾祖父。他是空軍的機械師和工程師，很擅長製作小零件。他兒子，也就是艾迪爺爺，也很擅長，恩尼的爸爸艾力克也很擅長。

在他們的經營下，威爾梅特鍛模公司擴張成一間有兩百多位員工，且廠房區橫跨二・五英畝的公司。公司甚至還有自己的紅綠燈，就位於41號州際公路那個很容易錯過的岔路口。

把咖啡遞給爸爸後，恩尼上樓回到自己的房間。他看了點書，整理好書包，準備上床睡覺。在恩尼從艾迪爺爺家回來後，美術用具組就被他擱置在書桌上，彷彿在等待著他。他有預感這不只是個被人遺忘的老舊玩具，它可能也是某個零件，正準備和其他零件——新的零件——搭配在一起。

然後事情就會再度運轉。

3 牆

洛德瑟林中學建於一九三〇年代。建築樓高三層，看起來像個巨大的長方體，中間有個很大的中庭。

原本學校計畫在中庭四周裝上窗戶，並在兩端安裝玻璃大門，讓中庭變成通道。但幾十年過去了，學校在歷經兩次改名、各種預算限制、官僚的爭論不休，以及玻璃工人的罷工之後，在中庭設計通道的想法成了一段遙遠的往事。

折衷的方案根本不堪入目。在靠近學校大門的那端還是保留了通往中庭的玻璃大門，不過另一端卻沒有玻璃門，而是一堵很醜的水泥牆，與周圍的玻璃窗以及原本的磚造建築顯得極度不協調。

年少的溫斯頓・帕蒂爾每天早晨都會盯著這堵醜陋的水泥牆看，直到上課前五分鐘的鐘響起，催促他去厄爾先生的課堂為止。溫斯頓是新來的轉學生，暑假時他們家才剛搬到懸崖唐納利。每天早晨上課前，他一踏進前門，就會不由自主地走向中庭窗前，站在那裡專注地盯著那堵醜陋又礙眼的水泥牆。

然後開始想像。

厄爾先生

厄爾先生是萊恩最愛的老師。不過話說回來，他是很多學生最愛的老師。很多大人常會自以為很酷，但其實不然。而厄爾先生很酷的原因正是因為他從不刻意裝酷。事實上，厄爾先生在很多方面都很奇怪。他的襯衫全都有大膽又引人注目的圖案，或是粗條紋和令人眼花撩亂的格子。他總是選有很誇張顏色的休閒褲來穿，例如鮭魚粉或天空藍，甚至還有一件是蕁麻酒般的黃綠色。

他很高，而且還有混血血統。雖然不該這麼問，但學生總愛問他從哪來、是什麼族裔。厄爾先生把自己的血統問題變成一場遊戲，而且他的回答還不會重複。有時候他說他是愛爾蘭和多明尼加混血，有時候則是波蘭和哥倫比亞混血，有時候又是威爾斯肯亞人，或克里奧爾夏威夷人。萊恩猜厄爾先生把他的血統問題當成「機會教育」，巧妙地表達他們都是美國人，不同族裔根本不是問題。雖然厄爾先生或許也想藉機讓學生多看看地圖和地球儀。

厄爾先生是萊恩六年級的班導師和英文老師。班導師時間不是正式的一堂課，只是一天當中的一小段空檔，讓等吃午餐的學生或已經吃完午餐的學生有個地方能好好待著。通常，班導師時間只是為了讓你有時間趕作業，或者，如果你的老師人夠好，也可以和朋友聊天。

週一除外，週一是開班會的時間。

班會的設立是為了讓學生有機會公開發表自己對於不同議題的看法。學校鼓勵老師們每週選定一個特定主題——像是霸凌、同儕壓力、心理壓力——但厄爾先生的方式比較委婉。他知道，如果能讓學生起頭發言，其他學生就會跟著侃侃而談。但如果你試圖操控對話，學生百分之兩百會緊閉嘴巴。

厄爾先生還有個祕密武器——他很能講。這個男人是個說故事高手，所以當話題中斷時，厄爾先生總能以故事來打破沉默。不論是古老的童話故事、希臘神話，還是厚重蘇俄小說中的一段情節，或是他瘋狂大學室友曾做過的某件事，厄爾先生總是能抓住聽眾的注意力，在每個細節上吊你胃口。

「今天，」厄爾先生說：「我想來探討一下民間傳說，一定會很有趣。」他在教室裡來回走動，穿梭在書桌之間。「誰可以告訴我什麼是民間傳說？」

沒人回答。厄爾先生耐心地等了一下，然後他做出所有人都預期的事……點麗琪回答。

「好吧，麗琪？可以幫我們一下嗎？」

麗琪總是知道答案是什麼。「民間傳說就是在某個特定區域內，大家謠傳的神話或故事。」

「非常好。謝謝妳，麗琪。」

萊恩回想起昨天她拿著那些時尚雜誌穿過馬路到哈默利太太家的事。昨天晚上吃完晚餐之後，他突然想到或許麗琪只是想和他開開玩笑。

或許她只是想和從前一樣和他閒話家常，回到她爸爸離開前的時光。

「我們講到民間傳說的時候，」厄爾先生繼續說道：「我們談的是世世代代流傳下來的傳奇或童話。」

「像〈灰姑娘〉，」佩姬・伯納特說。「或〈三隻小熊〉。」

「完全正確，很好。」

「或大腳怪，」傑米・達爾竊笑著說。

「大腳怪是真的！」亞倫・羅賓尼特脫口而出，他在座位跳上跳下。他總是動來動去，無法停下來，讓其他老師很抓狂，但厄爾先生只是當作沒看到。「雖然，就我個人而言，我比較傾向稱這種生物為北美野人。」

「生物？是啦，他就是穿西裝的男人，」傑米說。他們兩個總是喜歡互嗆。

「閉嘴，傑米！」

「事實上，大腳怪引發了一個很有趣的論點。」厄爾先生冷靜地打斷他們的對話。「通常，民間傳說是真實和想像的混合，讓人分辨不清。」他很擅長以不偏袒任何一方的方式解決紛爭。「事實上，民間傳說其中一個最主要的功能就是幫助人們解釋他們無法理解的事情。」

「然後找到某個可以怪罪的人。」麗琪補充。

厄爾先生眼睛一亮。「沒錯！就是找一個代罪羔羊。說得好，麗琪。除了麗琪之外，還有誰可以告訴我們代罪羔羊是什麼意思？」

「某人為了某件他沒做的事承擔責任。」佩姬答。

「是的，」厄爾先生說。「很多民間傳說是起源於驚恐的村民想解釋為什麼他們的收成不理想，為什麼他們的雞會無故消失，或人為什麼會生病。村民一直以來都心存懷疑，再結合這些恐懼，和針對吉普賽人、外來者和其他居無定所的人的仇外情節——喏，這就創造出了巫婆、狼人和吸血鬼。」

班上的同學都笑了，雖然萊恩認為麗琪可能是唯一一個知道「居無定所」和「仇外情節」是什麼意思的人。儘管如此，萊恩能猜得出厄爾先生這段話的大意——如果你看起來跟別人不太一樣，然後壞事開始發生，大家遲早會把你驅逐出境。

厄爾先生拍拍手，表示換下一個話題。「大家還想得到在什麼情況下，人們會像這樣仰賴傳奇和民間傳說嗎？」

班上又安靜了下來。厄爾先生停頓了一下，接著提出一個想法。

「那娛樂呢？人們在有電視能看之前總得做點什麼吧？」

同學們又笑了。萊恩看到厄爾先生的眼神瞥向喬許・瑞德格。在那件事情發生之後，厄爾先生和其他人一樣，在過去幾週都給喬許很多空間。萊恩看得出來厄爾先生似乎在思考是否要把喬許拉進討論。但喬許還沒準備好，時間未到。

「恐懼，」萊恩說。

厄爾先生看向萊恩，扶正眼鏡。「請繼續說。」

「他們用那些故事來嚇小孩。」

「為什麼？」

萊恩聳聳肩。原因很明顯。「讓他們好好守規矩。像〈糖果屋〉告訴小孩不要拿陌生人的糖果；〈放羊的孩子〉告訴小孩不要對大人說謊。父母總覺得小孩還沒準備好要面對真實世界裡的恐懼，所以他們發明怪物來讓我們練習。」

「他們這麼做是可以理解的吧？你們覺得呢？」厄爾先生說。

「可以理解，」萊恩說。「但不對。」

厄爾先生向萊恩點頭，示意他繼續說。

「他們覺得這樣是在保護我們，」萊恩繼續說。「但其實他們只是在保護自己。不論是邪惡的巫婆還是在貨車裡的怪叔叔，我們都沒有比較不怕，我們還是會害怕。只是讓我們害怕不真實的事物，他們會感覺比較好。」

厄爾先生看著萊恩一會兒。「嗯，」他說。「說得很好。現在，有人想到在我們懸崖唐納利當地的傳聞或民間傳說嗎？」

「泣嬰之橋？」佩姬提議。

「那是在阿比維爾。」傑米說。

「所以呢？還算附近啊。」

「北美野人。」

「拜託，老兄。而且大腳怪是加拿大的。」

「是北美野人！而且牠的遷移路徑有延伸到密西根……」

「才沒有什麼遷移路徑咧，亞倫，因為牠根本就不存在！」

「傑米，閉嘴！」

「桑普金井，」恩尼・威爾梅特提出。

「沒錯，」厄爾先生熱切地說。「恩尼，你聽過那個故事嗎？」

「我只知道爺爺很久以前告訴我的，大家會丟硬幣到井裡，然後許願。」

「沒錯，這個傳說回溯到十九世紀末期，一位名叫以西結・桑普金的當地商人丟了一枚硬幣到井裡。他才剛出生沒多久的孫子病得很重，可能活不過當晚。老人向死神許願，以他的命換小孩的命。他回家之後當晚就在睡夢中離世。嬰兒活了下來，桑普金井的傳說就這麼誕生了。」

「你相信嗎？」傑米問。

「這個嘛，以西結・桑普金是真有其人，市立文獻館有他的名字，他也的確在他孫子出生沒多久就死了。」

「沒錯，」恩尼・威爾梅特說。「但你相信這個故事嗎？」

厄爾先生想了一下。「恩尼，我不知道。我相信希望，我相信愛的力量……」厄爾先生閉上眼睛，張開雙臂唱道……

「我也相信孩子是未來的希望，好好教導他們，讓他們引領未來的方向……」

同學們哀號四起，鐘聲也剛好在這時響起。厄爾先生宣布下課，大家離開座位的時候他還繼續唱著歌。

「享用午餐，多吃蔬菜。去上數學，學好小數……」

湯米・布雷克斯

六年級不再有課間休息時間，但在吃完午餐之後，恩尼和他的同學們可以在下午上課前到室外自由活動。有些同學，例如萊恩・哈迪，會在操場上踢球，但恩尼很少加入他們。通常他都會坐在樹下看書。有時候麗琪・麥康柏經過時，會出於禮貌問他在看什麼，恩尼通常會邊看著地板，邊咕噥說著書名。有時候更糟糕，他會長篇大論地向麗琪描述這本書的內容。

在操場另一頭，溫斯頓・帕蒂爾獨自坐在野餐桌前，拿著畫本在畫畫。恩尼一直很好奇溫斯頓在畫些什麼，有那麼一兩次，恩尼想走過去問他，但最後卻還是作罷。

溫斯頓埋首在畫本之中，所以沒有注意到湯米・布雷克斯向他走來。湯米一把奪走溫斯頓手中的畫本，溫斯頓想搶回來，但湯米速度太快。湯米邊翻畫本邊大聲嚷嚷。

「畫這什麼爛畫？」湯米嘲笑道。

同學們開始圍觀，事情越演越烈。

溫斯頓試圖抵抗，伸手想拿回畫本，而他的舉動正中霸凌者下懷。「拜託你，」他說。「還給我。」

「為什麼？讓你畫更多爛畫嗎？撕掉它還算幫你忙咧。」

溫斯頓慌了，撲向畫本。湯米輕輕鬆鬆就把他推開，惡狠狠地看了他一眼，用眼神向他表示別想再試一次。

「住手！」一個聲音厲聲說道。那個聲音宏亮、語帶命令，是恩尼的聲音。所有人都轉過來，詫異居然是恩尼挺身而出。恩尼自己也很震驚，但更令他驚訝的是，他居然還真的走向湯米．布雷克斯。湯米同樣是六年級，但他也是整個洛德瑟林中學最霸道、最刻薄、最令大家害怕的學生。

湯米瞪著恩尼，嘴巴微張，驚訝到罵不出髒話（他的其他反應也跟著當機）。如果他是一臺電腦，現在他臉的正中央應該有個彩虹圈圈正在轉個不停。「搞什……」他終於擠出一句。

「湯米，還給他吧，快點。」

「快點？快點？」湯米重複他的話，語氣漸漸加重，彷彿這兩個詞可以指導他這種時候該怎麼做。「富二代，你給我聽好，我老爸不幫你老爸工作，所以我也不用聽你講屁話。」他往前一步，正面對著恩尼……嗯，如果他們身高一樣高就會面對面，實際情況是湯米用他的胸膛面對恩尼的臉。

湯米站在那好一會兒，假裝思考著。「嗯，我猜這也表示我現在沒有理由不揍扁你。」

中斷的球賽

萊恩很愛美式足球，因為足球能讓他忘記一切——忘記學校、家務、討厭他的小弟，以及哈默利太太家的廢物割草機。

忘記他爸媽在家裡迴避著對方的樣子。忘記他爸媽在不得不見到對方時，雙方都沉默下來的樣子，這件事比前者更令人難以忍受。

昨晚，他隔著牆聽到他爸媽傳來的聲音，他們在房間裡吵架。

「我不想聽這個，道格。我只想睡覺。」

他爸爸回：「好啊，妳去睡啊。」

「沒人要你整晚在起居室喝啤酒、看那個垃圾節目。」

「我只喝了兩罐，」他爸爸說。「一個男人難道不能喝兩罐啤酒……」

「這不是啤酒的問題，」他媽媽說。「你自己也知道，是你愛看的那些政論節目，還有那些可恥、充滿仇恨的言論……」

「你知道，如果那個白痴比克斯沒按照原訂計畫，威爾梅特就要把工廠賣了，」他爸爸打斷她的話。「他沒別的選擇。」

「我知道，」他媽媽小聲地說。

萊恩很想忘掉那段對話。而如果那天他運氣好、比賽順暢地進行、對手實力相當、每次都成功得分的話，他的確可以忘掉。就一下子。

今天就是那樣的一天，萊恩傳球成功、順利達陣，接著繼續進攻。他攔截了一次，擒抱了四次。

然後球賽就中斷了。

在野餐桌那一邊，群眾開始圍觀，衝突一觸即發。無論多精采的球賽，都比不上打架精采。

他先看到湯米・布雷克斯，因為他比其他圍觀的小孩都高出一個頭。萊恩不驚訝，湯米總愛找別人打架。

這次不知道是哪個倒楣的小子被盯上，萊恩心想。

恩尼毫不退讓

湯米俯瞰恩尼時，恩尼一動也沒動。他沒有其他選擇，他的腿抖得太厲害了，即使他想移動雙腿也無法。

大人總說面對霸凌時要挺身而出，似乎暗示著如果你挺身而出，霸凌者就會打退堂鼓。恩尼想起了今早的班會，現在他意識到這種說法也是個童話故事，挺身而出才不會讓霸凌者打退堂鼓。

挺身而出，如果你夠幸運的話，霸凌者可能會覺得揍你太麻煩而轉移目標。如果不挺身而出，下場只會更慘，但這又是另一回事了。

大人總說所有霸凌者內心深處其實都很害怕，所以他們才會霸凌別人。恩尼心想或許這是真的，但知道這點資訊也無濟於事。

因為不論湯米・布雷克斯怕的是什麼，他怕的也絕對不是恩尼・威爾梅特。

萊恩（心不甘情不願地）做了對的事情

這下慘了。

這是萊恩看到恩尼・威爾梅特在全六年級前槓上湯米・布雷克斯時的第一個念頭。

這下真的慘了。

因為恩尼・威爾梅特既矮小，四肢又不協調，超容易受傷。他連在自家車庫騎腳踏車都能撞上停得好好的車子。

因為恩尼是他爸爸的老闆的兒子，而且即將粉身碎骨。萊恩從眼角的餘光瞥見麗琪跑進教室找老師，但就算她跑得再快，他知道老師也無法及時趕到制止最糟糕的部分。

這下真的、真的……

「湯米，放過他。」

我真是個白痴，萊恩心想。一個找死的白痴，我的墓碑上會寫著：「萊恩・哈迪安眠於此。兒子、兄弟、自尋死路的智障。」

但他沒有其他選擇，湯米・布雷克斯絕對會把恩尼打個半死，而萊恩的爸爸一定會想知道為什麼萊恩沒有阻止事情發生。

所以他只好出面阻止。

「閃邊，哈迪。」

萊恩站到湯米和恩尼之間。萊恩沒有湯米那麼高壯，但他跟湯米住在同一個社區——他們都不是北區那種溫室裡的小孩。也許湯米會放棄。

「好吧，」湯米・布雷克斯說。「放馬過來。」

也許他不會。

接著哈克薇爾老師——他們的自然老師——走了出來，想看外頭的混亂場面是怎麼回事。恩尼的模樣看起來就像他這輩子從沒這麼開心看到一個人出現。

但萊恩有預感這只是暫時的，畢竟，湯米・布雷克斯可不是這麼輕易就放過人的小孩。哈克薇爾老師只是暫時讓恩尼脫離了他自找的麻煩，而這麻煩現在還連累了萊恩。雖然湯米因為老師的緣故住手，他還是放了話，就三個字而已。

放學見。

4 麗琪的兩難

麗琪整個下午都在想她應該怎麼做。更確切地說，她在想她要怎麼做。她知道她應該做什麼，她應該告訴厄爾先生午餐時間發生的事。

如果事情只涉及到恩尼和溫斯頓，她一定會直接告訴厄爾先生，但牽涉到萊恩又是另一回事了。麗琪、萊恩和湯米都住在同一個社區。身為那個社區的人，他們才不會把問題丟給大人解決，也不會在別人背後打小報告，絕對不會。

這就是南區的遊戲規則。如果萊恩發現麗琪為了他去找老師，他一定會很生氣。他可能真的再也不跟她講話了。

雖然說他現在也不怎麼跟她講話。

麗琪知道她媽媽會怎麼說，她媽媽會希望她去跟老師報告，以萊恩的利益為優先考量，就算他會從此再也不跟她講話也是一樣。她會要麗琪做出正確的選擇。

她媽媽總是在做正確的選擇，卻落得孤身一人，在臥室裡哭泣。麗琪不禁懷疑，如果做正確選擇的下場是這樣，那又何必呢？

萊恩．哈迪認真思考大難臨頭時該怎麼辦

午餐結束後的一個小時，萊恩一直在想該如何解決這件事，完全無心上數學和自然課。

他想，或許他可以試著說服湯米。他可以告訴湯米他只是不想讓他捲入麻煩中。揍一個北區的小孩——尤其是恩尼．威爾梅特，那個北區的模範男孩——會害他被停學，甚至被退學。這麼說其實言之有理。

但湯米才不會在乎。湯米是他們家中年紀最小的，他們三兄弟都不是好惹的。他們都很壞，大家都很怕他們。湯米的一個哥哥在監獄服刑，另一個哥哥加入了海軍陸戰隊。而那個哥哥會加入海軍陸戰隊是因為法官告訴他如果不從軍，就得進監獄。就連他爸媽也很壞。他爸曾因喝了太多酒，在墨西哥速食餐廳的停車場把另一個人打到幾乎腦袋開花，差點就進了監獄。萊恩還聽說他媽媽會在靴子裡藏一把刀。大家總是避著他們。

萊恩也盡量避開他們，直到今天。

恩尼下定決心

恩尼想過要偷偷從這場混亂中溜走。雖然他羞於承認，但一部分的他真的很想逃走。

但他不能逃走。他知道要不是因為哈迪先生為自己的爸爸工作，萊恩才不會插手。萊恩是迫不得已才為自己挺身而出的。他不能讓萊恩為自己打這場仗。

放學鐘響後，恩尼踏出校園，下定決心要和湯米・布雷克斯決一死戰。他當然怕到不行，但他心意已決，至少他早上醒來照鏡子時還有臉看自己。

如果湯米沒有把他打到腦震盪眼睛瞎掉的話。

萊恩臨時改變策略

放學鐘聲響起，萊恩走到他的置物櫃拿東西。他沒看任何人，堅決地走出大廳，走出校門。

在學校兩個街區外的山腳下有間小雜貨店，小店旁邊有處空地，萊恩猜湯米會在那裡等他。

他走出校門還不到二十碼遠，恩尼就從旁攔下他。

萊恩問：「你想幹嘛？」

「你不用和湯米打，」恩尼回答，語氣聽起來有點動搖。「是我自找的。」

「嗯，是你自找的。」

「我很抱歉把你拖下水，但我會搞定這件事。」

「真假？」萊恩說，幾乎被逗樂了。「你要怎麼搞定這件事？」

「我……我會和湯米‧布雷克斯一決勝負。」

萊恩大笑。「憑你？還是不要吧。回家吧，恩尼，」他說。「這樣對大家都好。」

恩尼皺眉。萊恩看得出來他傷了恩尼的自尊，但萊恩才不在乎。「我不要。」

恩尼毫不退讓。愚蠢的有錢小孩。愚蠢、固執、什麼都不懂的有錢小孩。

萊恩得趕快想出另一個方案，他思索他還有什麼選擇。唯一能阻止恩尼和湯米・布雷克斯打起來的方法就是他自己先揍恩尼一頓。在此時此刻，這個方案很吸引人……

「好吧，」萊恩抓住恩尼的手臂，往學校的方向走。

麗琪放學後的煩惱

麗琪在放學後到處找萊恩。雖然，就算她找到了他，她也不知道自己打算怎麼做。她終於看到萊恩走下山坡，朝空地的方向走，接著她看到萊恩和恩尼在爭論。

如果她去找他們，也找一名老師去，或許……

叭！叭！叭！

「麗琪！快過來！我的天！」喇叭聲從派蒂阿姨的超大休旅車傳來，麗琪的表姊雀兒喜不耐煩地高聲催促。

麗琪的媽媽中午才傳了封簡訊說她醫院的工作要再輪一班，意思是麗琪下午又要跟……她們在一起。

麗琪往山坡下方看了最後一眼，但她沒有再看到萊恩和恩尼。

「麗琪，我認真的！屁股趕快動起來！」

她回頭望了一眼休旅車，心想她還不如和湯米・布雷克斯打一架算了。

溫斯頓・帕蒂爾走路回家

上星期，溫斯頓・帕蒂爾和他媽媽起了爭執。嗯，其實不算是爭執，他從來不和他媽媽或任何人爭論。溫斯頓的做法是用一種理性、溫和的語調不斷請求，直到他媽媽最後讓步為止。

溫斯頓很想自己從學校走回家，但帕蒂爾太太對此很擔心——而且是非常擔心。這件事會讓帕蒂爾太太這麼憂慮，也讓溫斯頓覺得十分挫敗。他們住在芝加哥的時候，她從沒那麼擔心過，而且那還是個大城市。但自從他們搬來懸崖唐納利，溫斯頓的媽媽似乎一直都提心吊膽。

最後，溫斯頓的爸爸終於說服他媽媽讓他自己從學校走路回家。帕蒂爾醫生是個成功的外科醫生，十分受人尊敬。他常常到世界各地旅行，醉心於去新的地方、認識新朋友。也許他是覺得，如果連從洛德瑟林中學到家裡短短四分之三英里的路程都不讓他兒子自己走的話，似乎說不太過去。

說來也怪，提議要從芝加哥舉家搬遷到俄亥俄州懸崖唐納利的人，正是這位走遍全球的帕蒂爾醫生。帕蒂爾太太說她先生是全世界最聰明的傻瓜。他們其實可以住在任何一個他們想住的地方。帕蒂爾太太懇求他不要離開芝加哥，如果他想搬家的話，至少也選擇別的大城市居住。但帕蒂爾醫生一直想住在小鎮，特別是那種周圍有很多空曠田野的小鎮。溫斯頓的爸爸熱愛美國，他熱愛這片土地、這片土地上的人，他熱愛著美國這個理想，愛到不惜打破百年的家族傳統，替長子取了一個和印度一點關係都扯不上的名字。

所以，現在他們就住在這裡了——俄亥俄州的懸崖唐納利。溫斯頓的爸爸管它叫美國的中心，他媽媽則稱它雞不拉屎、鳥不生蛋的地方。

雖然溫斯頓很感謝爸爸支持他自己走路回家，但他同意媽媽對懸崖唐納利的看法。他從來沒跟他爸講過，但他也覺得搬家是個錯誤的決定。他們無法融入，也不屬於這裡。他們剛搬來時，溫斯頓就知道轉學生的日子一定很不好過，特別是在這樣的一個小鎮，其他小孩都已經一起上學上了好幾年。但過了幾週之後，他發現事情不單純只是如此。

內心深處，他其實知道他媽媽會那麼緊張的原因。他們和別人不一樣，非常不一樣，他們太突出了。在芝加哥，帕蒂爾太太可以穿著紗麗去超市買菜，沒什麼大不了的。芝加哥什麼人種都有，大家看起來都很不一樣——穿著不同，語言也不同。但這裡就只有一種人，而且一定不是像溫斯頓這種。在學校，所有小孩都避著他。他們並不會對溫斯頓很惡劣。大部分的時候，他們只是給他很多空間，離他遠遠的。

至少他還有自己的畫作。他最愛畫畫了，而且也很擅長。他以前常在美術館的凳子上一坐就是好幾個小時，模仿牆上的畫作來練習。但這小鎮沒什麼好畫的，除非你特別喜歡畫平坦的田野和小麥田。雖然如此，畫畫確實讓獨處的時間好過一點，午餐他自己一個人的時候就會埋頭畫畫。他很孤單，但至少他有事可做。

溫斯頓走出學校。他不太確定諷刺的定義是什麼，更不確定自己對於去新地方、認識新朋友這點作何感想。不過，在他要自己走路回家的第一天，他就在午餐時間惹上湯米・布雷克斯，看來這宇宙似乎懷著某種殘酷的幽默感。

偷偷溜走

「等一下，」恩尼說。「我們要去哪？」

他和萊恩剛剛穿過教師停車場，正順著學校後面的陡坡往下走。萊恩還是抓著恩尼的手臂，每走二十英尺就回頭看一下。

「我們要穿過自然保護區。我認得路，步道會通到北區公園。」自然保護區裡有錯綜複雜的步道，有的新、有的舊，但所有步道都人跡罕至。只有自然老師偶爾會帶學生來這裡免費校外教學，不然就是青少年會來抽菸，抱怨沒人了解自己。

「可是……你的意思是我們要逃跑？」

「不是，我們只是要偷偷溜走，」萊恩說，再次回頭看了學校一眼。「如果湯米在我們到樹林之前就看到我們，我們才要逃跑。」

恩尼還有一些問題想問，但萊恩已經走進自然保護區，顯然他不想跟恩尼討論這個問題。

5 察言觀色

回家的路上，溫斯頓很難不去注意到湯米・布雷克斯正握緊拳頭，在雜貨店旁的空地來回踱步的樣子。溫斯頓本來想在湯米看到他之前撇開視線，但太遲了，他們四目交接。有那麼一瞬間，溫斯頓感到一種奇異的平靜，他知道自己死定了。

湯米瞇起眼睛，但他臉上出現一種古怪的表情——他似乎有點畏縮。然後湯米……他居然移開視線。溫斯頓簡直無法相信，他懷疑湯米・布雷克斯這輩子從來不曾這樣主動移開視線過。

當你和其他人不一樣時（尤其當你不僅僅是不一樣，還十分顯眼時，像是身為方圓五十英里內唯一一個十二歲的印度裔美國人），你很快就能學會察言觀色的重要求生技能。一開始湯米在午餐時間拿走溫斯頓的畫本時，溫斯頓就看得出來這名惡霸並不是真心批評他的畫作。不過他的憤怒很真實，溫斯頓不懷疑這點，但他很清楚湯米的憤怒其實跟他無關。

溫斯頓覺得或許湯米也很會看別人的臉色，因為當這些思緒在溫斯頓腦中成形時，湯米就推開他，威脅要對他做出更過分的事情。

溫斯頓不想再犯同樣的錯誤，所以當湯米一別開眼，溫斯頓馬上開溜，確保自己在湯米回頭看之前早已遠離空地。

走進樹林

恩尼跟著萊恩走進自然保護區。天還很亮，但他們才進入樹林不到二十英尺，陰影就遮蔽了陽光。

「你知道嗎，」恩尼用漫不經心的口吻說，試著不讓人聽起來覺得他很自以為是。「有人說崇拜惡魔的人會來樹林裡。」

「恩尼，樹林裡才沒有什麼崇拜惡魔的人。」

「你怎麼知道沒有？」

萊恩不可置信地搖搖頭。「那只是高中生在傳的謠言，這樣他們來這裡抽菸或喝薄荷酒的時候才不會有人打擾他們。」

「喔，」恩尼說。「為什麼要喝薄荷酒？」

「恩尼，我不知道！」萊恩生氣地說。

在那之後他們走了好一會兒沒有說任何話。

「我們現在要怎麼辦？」恩尼問。

「我跟你說了，」萊恩答。「步道最後會通到北區公園，你可以從那裡走回家。」

「嗯，那你怎麼辦？」

「什麼我怎麼辦？」

「就，」恩尼說道：「你住在鎮的另一邊，離這裡至少有好幾英里遠。」

「說得沒錯。」

「你可以跟我一起回家，我媽會載你回去。」

「不用擔心我。」萊恩答。

洞穴

萊恩希望恩尼能少講點話。說實話，他對這裡的步道沒有很熟，他需要專心。而且，他還有更重要的事情要想，因為就算他成功送恩尼平安回家，他還是得面對湯米‧布雷克斯。

萊恩計畫走回空地看看湯米還在不在。如果不在，萊恩猜湯米會在他走回南區的某段路上突襲他。

「等一下，」恩尼停了下來。他恍然大悟，頭頂彷彿有顆燈泡亮了起來。「你還是要跟他打架，對不對？」

萊恩轉過來，被惹惱了。這小鬼有完沒完？「恩尼，我不知道。」

「你不讓我媽載你回家就是因為要去跟他打架，對不對？」

「不用你操心。」

「真的是這樣。好，我要往回走。」

萊恩看看四周，突然感到困惑。「等等，停下來。」

「萊恩，我是認真的，我不能讓你……」

「你閉嘴一下，」萊恩說。「我覺得我迷路了。」

前方的步道拐了個彎，消失在樹林的深處。

恩尼超越萊恩，往那個拐彎走去。

「嘿！你要走去哪？」

「自然保護區沒那麼大，」恩尼說。「我們不可能會偏得這麼遠。」他朝拐彎處跑去。「哇！好酷！」萊恩聽到他從前頭傳來的聲音。

當萊恩趕上恩尼時，恩尼已經走到離步道約二十碼遠的半山腰上。他站在一個不到三英尺高的小洞穴前面。洞穴入口是濃密的灌木樹叢，很容易就會錯過洞口。

「我們進去吧，」恩尼說。

萊恩想阻止他，但恩尼已經爬進洞裡了。跟這小子在一起的每一分鐘都像是在當保姆，萊恩心想。

萊恩跟在他後頭爬進洞裡。前幾碼的洞穴很窄，但後來就越變越開闊，他能直立著行走。前方大約一百英尺處，微弱的日光照亮一個寬闊的洞穴。

「萊恩，快過來，你看看這個！」

萊恩看到恩尼站在洞穴最深處的一個坑裡。這個坑約是一間小房間的大小，四周岩壁布滿厚厚的青苔，地上是溼的……還閃閃發亮。

恩尼彎下腰撿起一個小小的金屬物品。「是硬幣！」他說，他的手指撫過地面。

「這些都是硬幣。」

萊恩往上看，坑的上方逐漸縮窄，垂直的井身呈現完美的圓柱狀。殘破、腐朽的木板蓋住大半的圓形井口，但陽光還是透過縫隙照了進來。

「我們在井裡面，」萊恩說。聽見微弱的小孩玩耍聲後，他恍然大悟。「我們一定很接近北區公園了，這是桑普金井。」

安柏

雀兒喜有個叫安柏的妹妹，年紀比麗琪小一歲。她們姊妹倆簡直天差地遠。雀兒喜的打扮很誇張，從頭到腳都極力想引起別人的注意。簡單來說，她這個人就是太過頭了。她的穿著很高調時髦；妝化得很濃，幾乎讓人窒息；頭髮則塗了太多順髮水，看起來太過光滑，也直得很不自然（不過麗琪不得不承認，要不是她表姊用起保養品這麼毫不留情的話，她的頭髮自然放下應該會很美）。

相反的，安柏很擅長讓別人忘記她的存在。她的長直髮緊貼頭皮、服貼地垂到背部，那樣子總讓麗琪聯想到水獺從水面竄起的模樣。雀兒喜從來就不懂得要小聲說話，相反地，安柏講話的聲音輕到讓人聽不懂她在說什麼。安柏的穿著也很低調，大多是大地色或柔和色，很輕易就能和牆融為一體，或消失在人群中。她上輩子一定是一個很厲害的忍者。

她們回派蒂阿姨家之後，雀兒喜決定來改造麗琪。麗琪試圖拒絕，但雀兒喜已經衝到樓上主臥室裡的浴室，拿著一大袋鼓鼓的化妝品下樓。

「我媽不讓我們用她的化妝品，」雀兒喜說，她把袋子裡所有的軟管、小罐子和小瓶子都挖出來。「但她有一堆試用品。」

麗琪擔心如果她不配合雀兒喜，雀兒喜一定會大發脾氣。大人總跟小孩說，當你遇到讓你不舒服的人或事時要懂得脫身。麗琪心想，這個建議一點用都沒有，因為就算脫得了身，她也無處可去。

桑普金井

溫斯頓不是個迷信的人。無論是神話傳奇、民間傳說，還是神祕無解的事，他從來沒把它們放在心上。所以厄爾先生在班會上講到桑普金井時，他也只是把它當成一個故事。

但今天特別詭異。恩尼，一個比溫斯頓還矮、看起來更弱小的男孩，居然為了自己挺身而出。然後萊恩，一個看起來沒湯米那麼暴力、看起來比較不可怕的男孩，不知道從哪冒出來，居然也為恩尼挺身而出。更不用說湯米不知道為什麼，在空地時居然主動移開視線……

空氣中瀰漫著詭譎的氣氛。

溫斯頓在回家的路上思考著這些事。就在經過北區公園的時候，他瞥見了桑普金井。井佇立在公園最遠的一角，就在自然保護區的樹林邊界。他回想起厄爾先生在班上講的那則關於老人和他的願望的故事。

然後，此生第一次，他跟著自己的想像力採取了行動。

過去幾十年來，井已年久失修。井的石造部分仍很堅固，但布滿了青苔，特別是靠近地面的地方。井上方有個木造的屋頂，因為雨水侵蝕，已經半腐朽了。井口以一些木板條覆蓋著，可能是要用來防止小孩掉進去，但木板條已經變得薄弱且易碎，中間的兩塊木板條還不見了。

溫斯頓打從心底知道他即將要做的事有點蠢，但他還是從口袋掏出了一枚二十五分硬幣。

6 井裡

「桑普金井？」恩尼說。「我們在桑普金井裡面？」

「嗯，應該是。」萊恩撿起一枚硬幣。「所以這裡才有這麼多零錢，有些硬幣還很古老。」

「哈囉？」一個聲音在他們四周迴盪，似乎是井本身發出的。

萊恩和恩尼瞬間愣在原地。

「萊恩……」恩尼顫抖、急切地小聲說。「這口井鬧鬼。」

「才沒有咧，」萊恩回答，不過他的語氣不像他所希望的那麼肯定。

「嗯，我叫溫斯頓，」聲音再度迴盪。

恩尼哀號。「萊恩，這個鬼叫溫斯頓。」

「恩尼，閉嘴。」萊恩厲聲說。

神祕的聲音滔滔不絕地說著。顯然，他聽不見他們的對話。

「我知道這很蠢，但我今天在學校聽到你的故事。你實現了一個叫做桑普金的老人的願望，救活了他的孫子。」

萊恩開始理解這是怎麼回事了。「是溫斯頓•帕蒂爾，」他小聲地說。

「學校的溫斯頓？」恩尼一臉疑惑。

「噢，對不起，」溫斯頓在上方說，「我差點忘了。」一枚二十五分硬幣從上面落下，正中恩尼的腦袋。恩尼望向井口，也開始漸漸明白是怎麼回事。

「是這樣的，你可能已經猜到了，我也想許個願。我的願望不像以西結•桑普金的願望那麼重大，不是什麼攸關生死的事。我才剛搬來這裡，嗯，有點難融入大家。我不是想變得多受歡迎，但如果……有個同齡的人可以和我講話應該很不錯。我只是……我只是想要有個朋友。」

聽到溫斯頓的願望讓萊恩不太自在。他知道他們是誤打誤撞才聽見的，但這還是很私人的事情。偷聽讓萊恩覺得自己很卑鄙。

「總之，謝謝你聽我說。」溫斯頓沉默了好一陣子後這麼說。

「哇，」恩尼在溫斯頓離開之後說道。

萊恩說：「我們快走吧。」

「我從來都不知道溫斯頓有這種感覺。」他們從通道慢慢往回走的時候，恩尼這麼說。

「你是認真的嗎？」萊恩嘲諷地說道。「那傢伙每天午餐時間都把頭埋在畫本裡，從來不和任何人說話，也從來不抬頭耶。」

萊恩帶領他們走上步道。

「我知道，」恩尼說。「但至少，我們現在可以做點什麼了。」

「做點什麼？我們要做什麼？」

「呃，我們可以……你知道的啊，和他交朋友。」

「和他交朋友？」

「對啊，當他的朋友。」

萊恩搖搖頭。「事情才沒那麼容易。」

「可以就這麼容易啊。」

「是嗎？怎麼做？我們就直接走過去跟他說：『嗨，溫斯頓，我們來當朋友吧』？」

恩尼正要回答，但萊恩繼續說著。「還有你說的『我們』是在說誰？我的意思是，我們根本不是朋友。」

「我知道……」

「你不知道，」萊恩欲言又止。要怎麼向恩尼這樣的小孩解釋世界是什麼樣子？「如果你發現你不喜歡他，或他不喜歡你，那要怎麼辦？」

「這不代表我們……我是說，我……不應該去試試看。」

「像你今天下午和湯米那樣的試試看嗎？」

萊恩邁步沿著步道走，恩尼靜靜跟在他後頭。步道一路蜿蜒，他們走過好幾個彎道，萊恩很確定他們最後一定會完全迷失方向，被困在樹林裡一晚。

這就是幫助別人的下場，他心想。

萊恩以前一直認為恩尼是個備受呵護又無知的有錢小孩。但他現在發現情況甚至還要更糟。恩尼・威爾梅特不僅有錢、備受呵護和無知，他還會做白日夢。

而萊恩逐漸發覺，愛做白日夢的人，讓人疲累不堪。

大改造的夢魘

雀兒喜從底妝開始。她畫上厚厚一層底妝，下手毫不手軟，沒多久麗琪看起來就跟《巧克力冒險工廠》裡面的歐帕・倫普斯人一樣。畫好底妝後，雀兒喜替麗琪塗上濃濃的腮紅和藍色眼影，如果麗琪走出門恐怕會被誤認成一輛警車。而麗琪鮮豔到不自然的桃紅色唇膏，亮到都可以用來引導迷航的飛機緊急降落了。

安柏像往常一樣不發一語，只帶著淺淺的微笑看著她們。麗琪懷疑她微笑的背後藏著同樣的厭惡與同情。

雀兒喜後退一步欣賞自己的大作，像在評論似的點點頭。

「還不差啊。妳知道嗎，麗琪，」她說：「如果妳努力一點的話，看起來大概也不會那麼糟。」她又想了一下。「雖然那些衣服還要再換一下。」

值得慶幸的是，雀兒喜的時尚大改造要等到下一次了。派蒂阿姨打斷她們，告訴麗琪她媽媽來載她了。今天醫院人不多，所以她媽媽提早下班了。

看到麗琪的時候，她媽媽露出一絲驚訝的神情，但在回家的路上她什麼也沒說。

麗琪不知道該如何看待媽媽的沉默，但媽媽的反應讓她很生氣。*妳怎麼可以什麼都不說？*她想大叫。*我看起來像個大白痴！簡直跟小丑沒兩樣！*

但她媽媽只是一邊開車一邊哼著歌，宛如活在自己的小世界裡。

麗琪想，或許她太累所以沒力氣管了。或者更糟，她可能覺得麗琪這樣打扮也不難看。

走出樹林

步道通到了公園的一端，他們比想像中還快到達。萊恩把情緒藏得很好，但找到出口還是讓他鬆了一口氣。「你可以從這裡自己回家吧？」

恩尼點點頭。「你確定不需要人載嗎？」

「我確定，」萊恩說。「不過還是謝了。」

在恩尼回答之前，萊恩已經轉過頭朝反方向走。幾分鐘之後，他返回那片空地。去空地有點繞路，但他想了想還是覺得應該要去看一下。

正如他所料，湯米已經不在那裡了，他很可能在萊恩回家路上的某處等著。從北區公園到萊恩家要整整兩英里。當他走到哈默利太太家的時候，湯米仍不見蹤影，萊恩心裡開始燃起一線希望……

「你要去哪啊，哈迪？」

萊恩不該讓自己抱著希望的。

「湯米，我沒有故意躲你，我得……」萊恩開口解釋，但接著停了下來。湯米才不會在乎。「我沒在躲你。」

湯米瞇起眼睛看著他。「我相信你。」他說。

萊恩看了看四周。他們正站在哈默利太太家凸窗外的人行道。如果讓她看到他們在打架，她可能會被嚇個半死或心臟病發。他正打算開口問湯米他們可不可以往旁邊移一點，湯米就說：「你幹嘛那樣跟我作對？因為你爸在幫威爾梅特的老爸工作？」

萊恩聳聳肩。「我不知道，可能吧。你有過那種做了某件事卻不知道為什麼而做的經驗嗎？」

湯米看起來很驚訝，他訝異問題的本身，也訝異這問題居然是在問他。萊恩心想可能不太有人會問湯米問題。湯米有過的對話若不是大人朝他破口大罵，就是小孩求他放他們一馬。

「可能有吧，」湯米說。「不要再發生這種事了。」他轉身走開，沒再說一個字。

萊恩走向路邊，靠在哈默利太太的空垃圾桶上，耐心等待軟掉的雙腿恢復正常。

守在窗旁的麗琪

麗琪已經坐在窗前超過半小時了。她們才到家不過五分鐘，麗琪就已經守在那邊，希望能看到萊恩。（到家後她花了四分鐘努力洗掉她表姊畫的濃妝。）在坐進派蒂阿姨的休旅車之前，她瞥見萊恩領著恩尼走向學校後面的樹林。麗琪那時鬆了口氣，但精明的她無法欺騙自己萊恩已經脫離險境。她已經看到湯米在哈默利太太家對面徘徊。

麗琪終於看到萊恩走過轉角，當他走到哈默利太太家的時候，湯米過了馬路，在人行道上堵住萊恩的去路。

雖然麗琪在學校沒有向老師告狀，但在家裡又是另一回事了。她在家裡有其他選擇，她媽媽在房裡講電話，如果發生了什麼事，她可以去找她。湯米不會和麗琪的媽媽作對。三年前的夏天，湯米從電線桿上摔下來的時候，他的手臂還是麗琪的媽媽幫忙固定的。

雖然麗琪可以看到兩個男孩正在講話，但距離太遠聽不見他們的對話內容。他們的對話很簡短。值得注意的是，最後湯米居然走開了，留下明顯腿軟但還站得起來的萊恩。

麗琪簡直無法相信這個奇蹟似的轉變。她覺得有點飄飄然，興奮地尖叫了一聲，然後去找媽媽。

「媽！」她叫道，跑進她媽媽的臥室。「嘿！媽！」

她媽媽還在講電話，被嚇了一跳。「麗琪，妳還好嗎？」

麗琪發現她打斷了媽媽的對話。「噢，對不起，待會再說好了。」

「我幾分鐘後就出去，」她媽媽有點臉紅，用手蓋住話筒。麗琪點點頭。麗琪走回客廳時，她媽媽輕輕扣上門。通常，擅於注意細節的麗琪可能會發現她媽媽的舉止有點不太尋常，但萊恩逃過一劫讓她鬆了一大口氣，絲毫沒注意到媽媽有何不同。

恩尼再度嘗試

恩尼回到家的時候，他爸還在工廠。他和媽媽吃了隔夜的飯菜當晚餐，用餐時房子感覺很空曠，餐具碰到餐盤時發出響亮的鏗鏘聲。

晚餐後恩尼直接回到房間，思索著萊恩對於和溫斯頓當朋友的一番話，納悶著他是不是說對了。萊恩今天救了他的小命，還救了兩次，都怪恩尼多管閒事，或許他該從這件事得到什麼教訓。

很可能這裡就有個重要教訓。

但不管怎樣，恩尼無法就這樣忘記溫斯頓在井邊許的願。或許你無法在別人需要朋友的時候成為他的朋友，但……如果你可以呢？如果有那麼一點機會……

恩尼的視線飄向房間另一頭。那組昨天從艾迪爺爺的閣樓拿回來的美術用具組正靠在書桌旁，被檯燈照亮。恩尼今天一整天都在擔心自己小命不保，完全忘了這組美術用具。

但現在，就像之前在閣樓一樣，美術用具組似乎在召喚著他。只是這次他知道該怎麼做了。他拿起美術用具組，放進書包。

或許他可以在午餐時間把美術用具組拿給溫斯頓看，當作破冰話題。恩尼對藝術很不在行，或許他可以請溫斯頓指點一下之類的。

這個主意還不算太糟。

7 置物櫃的小小研究

所有洛德瑟林中學的學生都很怕湯米‧布雷克斯。

湯米自己也知道。他怎麼可能不知道？在剛開學的前幾個星期，湯米還試探了一下。他穿過走廊，盯著那些體型比較壯的孩子看，用眼神挑釁他們，他心想應該有人會做出反應吧。

結果他們全把視線移開了。

湯米知道原因。他們都覺得湯米跟他大哥韋德或他爸爸一樣。但事實上，湯米並不喜歡成為令人畏懼的對象。這一點也不好玩，他也因此覺得很不舒服。不過讓別人害怕自己還是比被人瞧不起來的好。或遭人同情，被同情最糟了。湯米既不像韋德，也不像他爸，他並不是個惡劣的人。話雖如此，他卻寧可讓別人討厭他、寧可去傷害別人，也不想讓任何人同情他。

但昨天的情況不同。

因為昨天他真的很惡劣，他不知道為什麼自己會這樣。溫斯頓和湯米無冤無仇。老實說，他打從心底覺得溫斯頓畫得還不賴。但這一切就突然發生了——他拿走溫斯頓的畫本，還講了那些話，湯米完全不知道該怎麼停下來。

然後威爾梅特那個小子就介入了。那小子有某種特質——他看著湯米的方式——惹惱了湯米。湯米居然會這麼生氣，他自己也嚇到了。一開始他覺得威爾梅特瞧不起他，但不是這樣，情況其實更複雜，那小子像是看進了湯米的內心，看清了湯米真正的樣子。

這在湯米內心燃起某種情緒，他沒有辦法控制。要不是萊恩‧哈迪及時插手……也是在這時湯米忽然能理解山姆當初為什麼要離開，他感覺胸腔彷彿被人重重踢了一腳。當所有人都期待你表現出最糟的一面，遲早，你真的會滿足他們的期待。

昨天湯米差點就鑄下大錯了。

當然，這讓他今天的計畫顯得更加愚蠢。今天早上他在後背包裡裝的東西足以讓他被停學，甚至被學校開除。

如果他被抓到，人們可能會報警，說他挾帶武器到學校。其實，他們這麼說也沒錯。他後背包裡的東西嚴格說起來，也可以算是某種武器。

不過那些東西不是武器，是工具。

山姆的工具。

大概在一個多月前，那時新學年才剛開始，有一天湯米把書丟進置物櫃時，注意到有地方不太對勁。

書撞上櫃子後方發出的聲音有點不太一樣，聽起來不太對。他聽到的聲音很像敲擊金屬會產生的細微回響。湯米把頭伸進置物櫃，輕輕敲打幾個不同的點。正如他所猜想，敲這幾點發出的聲音聽起來幾乎一樣，他知道為什麼了。

接下來一個星期，湯米仔細聆聽其他同學在附近置物櫃放東西的聲音，他也聽到類似的聲音。其他小孩都沒聽出來，但這也不奇怪。湯米的耳朵被訓練到能聽出東西不對勁的聲音。在家裡，不論是吱吱作響的鉸鏈、漏水的水龍頭，還是發出尖銳運轉聲的洗衣機，都是他修好的。

嗯，是他和他二哥山姆一起修好的。

山姆教他如何修理東西、如何使用工具。他哥哥有一組很厲害的工具組，能修好所有東西。湯米很快就從他那裡學到很多技巧。山姆著迷於研究機械如何運轉，研究零件互相搭配和運作的方式；湯米則愛發揮想像力，重新組裝不同的部件和零件，再做成新的東西。

湯米直覺地猜測置物櫃後方沒有任何東西，那個空間至少有走廊一半長度那麼長，沒有水泥，甚至沒有牆板，只有一個多出來的空間。

他想到一個主意。

山姆離家加入海軍陸戰隊的時候，湯米拒絕和他說再見。韋德喝得酩酊大醉的那晚，山姆跟他在一起。那天晚上酒保拒絕再供酒給醉醺醺的韋德，韋德因此狂揍了酒保一頓。

山姆想阻止他大哥，但最後是靠兩名警察出動警棍才制伏住韋德。

韋德以兩項重傷害罪的罪名被起訴，山姆也在韋德入獄的同一天從軍。大家因而誤以為山姆也被關了，以為所有布雷克斯家的男孩都一樣糟糕。

湯米之前不懂為什麼山姆要離開。這樣一點也不公平。山姆逃跑了，丟下湯米一個人。

他們載山姆到公車站時，湯米拒絕正眼看他，甚至連他爸威脅要揍他時他也不為所動。山姆擁抱他要與他道別的時候，湯米也沒有回抱哥哥。

「我的工具，」山姆在他小弟的耳邊輕聲說。「我把它們放在你的衣櫃裡，代替我好好保管它們好嗎？」

湯米還是沒看山姆，但他點了點頭。他無法拒絕這個請求。

那是在暑假快結束的時候。在那之後，湯米就忘了這件事。但在幾個禮拜之前，他看到爸爸在車庫裡到處翻找。當時接近傍晚，是爸爸準備上酒吧的時間。

「你有看到你哥的工具嗎？」他對湯米吼道。

湯米搖搖頭。他爸爸陰沉著臉，繼續在車庫裡翻找。最後他兩手空空地憤而離去，整晚都沒回家。

湯米的爸爸這輩子從沒修過任何東西。如果他想要山姆的工具，一定不是因為他需要用工具，而是要拿去賣錢買酒喝。

這就是山姆之所以把工具藏在湯米衣櫃裡，還請湯米代為保管的原因。山姆知道他爸遲早會動他工具的主意。

湯米的爸爸雖然不太聰明，卻很狡猾。如果湯米想要保護這些工具，他就必須把它們弄出家門。

上週湯米帶山姆的鑿孔工具組和鐵片剪去學校，想要測試他對置物櫃的猜測是否正確。放學後，他躲在廁所裡等所有小孩和老師離開學校，也等著那位推著長柄掃把刷的老工友走開。接著他走到置物櫃前，小心俐落地在置物櫃的背板割出一個兩英尺的長方形。他拿著筆燈，把頭探進洞口裡四處張望。

正如他所推測，後方有個密閉的狹長空間。空間夠寬，人可以站進去，長度和走廊一樣長。

他把長方形的背板塞回洞口，用膠布固定。隔天，他在背板上方裝了一個鉸鏈，並用工具稍微壓凹背板邊緣和置物櫃兩邊的隔板，好讓背板能順暢地打開，就像狗門一樣。

湯米原本計畫每天只帶一、兩件工具去學校，但如果他爸在這期間發現其他工具的話，他就會知道湯米把剩下的工具也藏起來，這樣湯米就慘了。不，湯米得一次就將大批工具移走，帶上滿滿一個後背包的量到學校。就從今天開始。

這麼做很冒險，尤其昨天他才差點把威爾梅特那個小子揍扁。如果威爾梅特昨天放學後和他那有錢的老爸哭訴，今天湯米一踏進學校就會被抓去校長室。

雖然如此，他還是打算要冒這個險。他依舊很氣山姆，甚至不願意回覆山姆離開之後每週從軍中寄來的兩封信。但他答應了哥哥要幫他保管工具。

湯米溜進學校，順利地把後背包放到置物櫃裡。不幸的是，他到置物櫃的時候才發現要把工具塞進後方的狹長空間比想像中還困難。後背包太大了，無法直接從狗門塞進去。他得把工具拿出來，分次放進去才行。

但這樣他會看起來很可疑，也很浪費時間。

湯米在他的置物櫃前躊躇了一會兒，希望第一聲鐘響之前學生們就會離開走廊。但今天早上，大家似乎都拖拖拉拉的。特別是威爾梅特那個小子，他杵在置物櫃前不走，一臉困惑呆滯不知道在做什麼。

湯米覺得很挫敗，他摔了置物櫃的門，接著背起後背包往廁所走去。他唯一的選擇是等第一節課開始後，再折返回置物櫃把工具塞進去，然後被記一筆上課遲到。

被遺忘的物品

恩尼・威爾梅特知道他應該要帶美術用具組來學校。

然而，就在恩尼打開置物櫃時，他開始感到不安又疑惑。或許這主意真的很蠢，或許萊恩打從一開始就是對的。

一記響亮的憤怒摔門聲把恩尼的思緒拉了回來，他嚇了一跳，不過比起聲音，讓他更驚嚇的是看到湯米・布雷克斯的眼神帶著殺意（或至少是想好好揮拳重傷別人的樣子），怒氣沖沖地快步朝走廊這一端走來。

恩尼覺得自己大難臨頭了，但內心的一小部分也不禁懷疑，為什麼是現在？恩尼和湯米都足足在置物櫃前站了五分鐘，湯米似乎也沒怎樣。恩尼思索著，或許就像自己會突然記起要還圖書館的書一樣，湯米也會突然想起來他應該要發飆。喔對了，看看我，都忘了要揍死威爾梅特這小子，最好趕快動手……

但就在恩尼眼前要閃過他的人生跑馬燈時，湯米直接從他面前走過，穿過走廊，轉了個彎。

恩尼注意到湯米的置物櫃沒有鎖上。他摔門摔得太大力，門鎖還沒扣上，門就被彈回來了。不過他的置物櫃鎖不鎖都沒差，因為沒人敢偷湯米的東西。

就在恩尼的心跳差不多恢復正常的時候，第一節上課前的鐘聲響起。他很快關上置物櫃，趕往教室……忘了美術用具組還留在置物櫃前的地板上。

工友楚門

幾個世代以來，工友楚門一直都是洛德琵林中學的一部分，他的地位不像雇員，更像是一個在學校的永久裝置，就像置物櫃和飲水機一樣。他超級高、超級瘦、超級老。每天大部分的時間，他都在走廊上一邊慢慢推著長柄掃把刷，一邊收聽全國公共廣播電臺，或聽存在 iPod 裡的爵士大樂團曲目。那個 iPod 是他孫子送他的聖誕禮物。至於掃把刷是否真的有把灰塵和紙屑清乾淨，還是只是從學校的一頭推到另一頭就不得而知了。

不管怎樣，在那一個早晨，工友楚門恰好正推著掃把刷走過走廊。他走到一半才注意到掃把刷頭一直推著被恩尼遺忘的美術用具組。

他在湯米敞開的置物櫃前停下來，看了看地上的木盒。他慢慢地彎下腰撿起美術用具組，興趣缺缺地看了一下。奧卡姆剃刀法則是這麼聲稱的：最簡單的答案通常就是正確答案；工友楚門的定律也是如此：花最少力氣的解決方式，就是最好的解決方式。所以在楚門（一樣很緩慢地）站起身前，他把美術用具組丟進那個離他最近而且沒有關上的置物櫃，然後甩上門。

湯米發現美術用具組

十分鐘後湯米回到他的置物櫃時，走廊上已經沒有人了。他打開置物櫃，蹲下來看他的祕密儲物間。後背板微開約一英寸的縫隙，湯米覺得很奇怪。或許後面的空間有通風孔？他在心裡默記，之後要加裝一個門栓和扣環把它扣起來。

湯米沒有馬上注意到木盒。他先把工具堆在那個空間最遠的一端，再一點一點往前放。所以直到他把背包裡所有的工具都卸貨完畢，他才發現美術用具組。

湯米把它拿出來，一臉困惑。木盒看起來很有歷史，或許它已經在置物櫃後方待上好幾十年了。山姆整個高中時期都在工地打工，他總會說類似的故事：東西在施工時不見了，或東西在拆除建築時失而復得。但通常都是那種你可以想見的東西，例如工具、午餐盒或安全帽。

這樣子一想，藏在老建築裡六十年的美術用具組似乎也沒那麼奇怪。有時候怪事就是會發生。

更何況，他一直都想要一組美術用具。

8 萊恩忽略的事

萊恩無法專心打球。他的心不在球場上。

昨天因為某種他也無法解釋的原因，他挺身反抗湯米，而且湯米居然還放過他。接下來的整個晚上和今天早上，萊恩樂得彷彿沐浴在陽光之下，十分慶幸自己還活著，這種喜悅又激動的心情只有死裡逃生的人才能體會。顏色彷彿變得更加鮮豔，食物也變得更可口，甚至連迪克蘭尿布傳來的刺鼻氣味都出乎意料地美好。

但萊恩開始漸漸意識到他忽略了一個小細節。就算湯米沒有記恨於他，並不代表他也放過了恩尼・威爾梅特和溫斯頓・帕蒂爾。

這件事可能還沒有過去。

萊恩試著把注意力轉到球賽上，但他的眼睛卻不停看向野餐桌。

湯米正朝著溫斯頓的方向走去。他陰沉著臉，手裡還拿著一個很有分量的木盒。

午餐時間的驚喜

恩尼完全不知道該怎麼辦。他本來打算用美術用具組來和溫斯頓搭話，但一直到他要去吃午餐時，他才發現木盒不見了。

溫斯頓獨自一人坐在他平時坐的位置，埋首在畫本中。恩尼還是打算走過去跟他講話，但接著，他看到湯米邁步走向溫斯頓的桌子，臂彎裡夾著那個木盒。恩尼很困惑，他搞不懂湯米是怎麼拿到美術用具組的，也不知道這時他該怎麼辦。

湯米走到溫斯頓的桌前，大家都看不出來他想做什麼。他看起來好像有點生氣，但他總是那副樣子。溫斯頓小心翼翼地抬起頭，湯米放慢動作，謹慎地放下手臂，手緊抓著美術用具組。

此時此刻，恩尼的心都沉下去了。那盒子可是厚重的實木製的，雖然恩尼的出發點是好的，但他等於是把一個盒子形狀的武器拱手讓給學校裡最危險的人物。

「你看到了吧？」說話的人是萊恩，他現在站在恩尼身旁。

恩尼默默地點點頭。湯米沒拿東西的那隻手靠在桌上，一邊和溫斯頓講話。湯米的聲音很低，他們聽不到談話內容。

「我就跟你說了吧，」萊恩說，不過他沒有說出但你就是不聽，他想恩尼應該懂。「你沒辦法解決別人的問題，這麼做只會讓事情變得更糟，像湯米這樣的人不會就此罷休……」

「等一下，」恩尼說。「你看。」

他們看著湯米把美術用具組輕輕放在桌子上，繞過桌角坐到溫斯頓旁邊，他們看得驚訝到下巴都快掉下來。湯米和溫斯頓一起打開木盒，把美術用具一件一件拿出來擺到桌上。

恩尼轉向萊恩。

「你剛說了什麼？」

奇怪的富二代伸出援手

毫無疑問，這是個很詭異的早晨。吃完午餐後，湯米原本打算把美術用具組放回置物櫃，不過，他心裡就是捨不得。有這個美術用具組在身邊給他一種……很美好的感覺。

「哇！」課間空檔時，厄爾先生在走廊上碰到湯米，他讚嘆道。「這組美術用具還真專業。」湯米將它遞給厄爾先生欣賞。「你從哪找來這種東西的？」

厄爾先生並沒有質疑他的意思，但湯米不習慣聽到這種單純的問句。別人問湯米問題的時候，總是已經預設湯米犯了錯。湯米聽到的問題都是「證明這不是你偷的。」

「嗯，我，呃……」湯米結巴地說。

「是我給他的，」另一個聲音介入他們的對話，是威爾梅特那小子。「我的緹莉阿姨一直寄類似的東西給我，她希望我能當一名藝術家。」

湯米盯著這小子看，不太確定在恩尼加入後，他的運氣是變好還是變差。

「她頭腦不太靈光，明年一月就滿八十七歲了。」

他的運氣是變差了，湯米很快地確定。顯然威爾梅特不太擅長說謊，就像很多生手一樣，他說得太過頭了。

「至少我比我表弟達德利好一點，緹莉阿姨總是希望他……」這小子聲音越來越小，就快接不下去了。他終於意識到他說太多了。

「我們交換的。」湯米插嘴。

「對，」威爾梅特鬆了一口氣。「我用美術用具跟他換……」

「棒球手套。」

「沒錯，棒球手套。那個大衛・歐提斯……」

「歐提茲。」

「歐提茲，這正是他的手套。」

厄爾先生沒有對這段混亂的對答說什麼。他眨了眨眼，本來想開口說話，後來卻又改變心意。他把美術用具組還給湯米，離開他們去上下一節課。

「謝了，」湯米對威爾梅特說。

「不客氣，」那小子答道，往下一堂課的方向走去。

「這不是我偷來的，」在威爾梅特身後，湯米脫口說出。

「我知道。」那小子答道，沒有轉頭。

湯米看著那小子走過走廊，他說話的口氣好像帶有某種涵義。

我知道。

就像他真的知道一樣，知道事實的真相。

真詭異。

溫斯頓・帕蒂爾和湯米・布雷克斯的奇特友誼

接下來幾個星期的午餐時間，溫斯頓和湯米都坐在一起，在野餐桌一面吃午餐一面畫畫。大家都不敢相信——同學們和老師們都是。甚至連工友楚門都注意到這件事了，他可是個連火警都能視而不見的人呢。

一開始大家都抱持懷疑的態度看待這段友誼。但不久之後，大家都看得出來，雖然很難解釋，但這兩個小孩真的變成朋友了。溫斯頓在學校明顯變得更快樂，不管是在課堂還是下課時間，他都不像原本那麼害羞了。至於湯米，雖然他還稱不上友善，但原本凌厲的眼神似乎也少了一點殺氣。

在正常的情況下，溫斯頓・帕蒂爾和湯米・布雷克斯的這段奇特友誼只會是洛德瑟林中學一段茶餘飯後的話題，很快就會退燒。但彷彿命運有所安排似的，溫斯頓到桑普金井默默許願想要有一個朋友時，他的兩個同學——傑米・達爾和亞倫・羅賓尼特——也在附近的樹林裡，而且看到了溫斯頓。亞倫是要尋找大腳怪，傑米則是來取笑亞倫的。兩個男孩對厄爾先生關於井的那一席話都還記憶猶新，他們也還記得湯米在午餐時間騷擾溫斯頓畫畫，也記得那場差點就要爆發的慘劇。

亞倫和傑米很自然地就猜溫斯頓許的願望是希望湯米不要再欺負他。而就在隔天，湯米不僅不再欺負他，還變成他最好的朋友。孩子們開始議論紛紛。

或許桑普金井不只是一個傳說，或許它真的有魔法。

麗琪的願望

麗琪・麥康柏並不相信許願井，但就算不相信願望能成真，還是可以許願。所以放學之後麗琪沒回家，而是往反方向的北區公園走去。

到桑普金井。

她第一個想到的願望是希望她爸爸可以回家，但這念頭才剛浮現，她就馬上放棄了。她可以許願希望爸爸偶爾來看看她，也許在週末的時候。夏天時，麗琪的爸爸搬去哥倫比亞了，在那之後她就只見過他一次。他們通過幾次電話，他每次都答應路過時會順道來看她，但他從來就沒來過。

麗琪記得她讀過一個故事，是關於一個能實現願望的猴掌。不過願望從來就不會照著許願者的意思實現，總是要付出某種代價。在故事的最後，某人許願要人死而復生，但那人復活後卻變成一具殭屍。不知怎的，麗琪很清楚如果她許願要爸爸回來會有什麼後果——肯定會很彆扭又令人失望。

麗琪開始覺得自己很蠢，竟然在想這些有的沒的。有魔法的井？願望？殭屍？全都荒唐至極！

但這些都不是真正讓她困擾的事。當一個人開始認真思索要許什麼願望時，許願者也能透過願望更了解自己的內心——了解那些自己並不想承認擁有的深沉渴望。

當一個人聽到別人三番兩次批評自己，就算知道那不是真的，也很難不相信那些言語。

麗琪有一個願望，她並不引以為傲，但那就是她心中所願。

9 萊恩繼續當保姆

萊恩是唯一一個對溫斯頓和湯米這段奇特友誼不感興趣的人。他才不相信那口井有什麼魔法。當然，他也有聽到傳言，他知道在溫斯頓和湯米變成好朋友的前一天，亞倫和傑米在桑普金井看到溫斯頓。

但亞倫還相信大腳怪咧。

傑米也只是個頭腦簡單、四肢發達的笨蛋。

這也只是證明他和恩尼打從一開始就不應該介入這整件事。

但恩尼卻不是這麼想。

「才不要，」萊恩說。「我才不要回去。」

那是個星期三，離他們第一次到井底已過了一週左右。他們在學校外面，萊恩想走回家，但恩尼卻跟著他。

「我們一定要去。」恩尼堅持。

「我才不要帶你回桑普金井。」

萊恩往前走，但恩尼追上他。「在發生了這些事情後，你怎麼還能說這種話？」

「發生了這些事情？」萊恩停下來直盯著恩尼看，確保恩尼在聽自己說話。「恩尼，上週發生的事情是這樣：有三個小孩——你，我和溫斯頓——從全校最可怕的傢伙的魔掌中僥倖逃脫，故事結束。我們可不會再有第二次好運。」

「拜託，萊恩，求求你帶我去，我自己一定找不到路。」

「嗯，那也只能這樣了。」萊恩從恩尼身邊加快腳步走過，暗示恩尼對話已經結束。

「那不是運氣，」恩尼在他身後喊道。「至少……不完全是。」

萊恩停下來。他其實也不想……只是……唉，他怎麼擺脫不了這小鬼？

恩尼快步趕上他，連珠炮般地說個不停。一開始，恩尼簡直是語無倫次，他提到一個骯髒的閣樓，什麼快死的爺爺，接著又說到閃閃發亮的美術用具組。這就像在聽一個四歲小孩描述他做的夢一樣。恩尼還說什麼他有一種預感，覺得自己一定要把美術用具組帶去學校……

「好好好，講慢一點，」萊恩說。「你是在說，那個美術用具組在你過世的爺爺家的閣樓召喚你？」

「我不會說是召喚，」恩尼澄清，一副沉思的樣子。「比較像它想引起我的注意。」

「所以你就把它帶去學校，然後塞到湯米的置物櫃？」

「對，我的意思是……不是！我把它帶去學校，但我沒把它放到湯米的置物櫃。」

「那他是怎麼拿到的？」

「這就是問題所在，我也不知道！」恩尼讚嘆道。他的眼神熱切，閃著光芒，彷彿在問萊恩是不是很神奇啊？

「你知道嗎？我才不在乎。」

「什麼？」恩尼不可置信地尖叫。「你是認真的嗎？」

萊恩想繞過他，但這個小男孩笨拙地跑到他面前堵住去路。

「聽著，你在井裡說得沒錯。」恩尼馬上說。「我以為我可以當溫斯頓的朋友，但你說事情不是這樣運作的，你說對了，我不能想當他的朋友，就變成他的朋友，我也絕對不可能給湯米那組美術用具。但這就是為什麼湯米一開始會去找溫斯頓麻煩，溫斯頓是學校裡最會畫畫的人，而湯米……」

雖然百般不願，但萊恩開始理解他的意思。「湯米也喜歡畫畫。」

「他想學。」

雖然這麼說有道理，但……

「萊恩，不管發生了什麼事，不管那個美術用具組是怎麼到湯米手中的。溫斯頓許願要一個朋友，而願望真的實現了。」

「所以他就得到湯米・布雷克斯這個朋友？」

「嗯，你這麼說是有點奇怪沒錯，」恩尼稍微讓步，但很快又站穩立場。「有些神奇的事情正在發生，一些特別的事。你不覺得我們應該尊重這個事實？或許助它一臂之力？」

「才不要。」

「認真的？」

「恩尼，我不會帶你回桑普金井。」

恩尼起先看起來有點驚訝，接著他闔上嘴巴，點點頭。「好吧，」他堅決地說。「那我自己去。」

恩尼轉頭，邁向自然保護區。

萊恩看著恩尼走到樹林邊緣。他知道恩尼自己一個人絕對找不到洞穴。幸運的話，他會迷路好幾個小時，在樹林裡打轉，直到身體脫水被消防隊員找到為止；最糟的情況就是碰到一些喝醉的高中生，被他們揍一頓，然後被強迫抽菸到吐。

萊恩想起他和爸爸一起看過的一部很老的功夫電影，裡面有句臺詞是這麼說：如果你救了某人一命，往後就要對那條生命負責。萊恩原本不了解這句話的意思，現在他終於懂了。

意思是你幫了一個人之後，那個人就會永遠糾纏你。

重回現場

他們在井底坐了大概半小時。恩尼脫下他的防風外套，坐在上面防止牛仔褲弄溼。

目前為止他們毫無斬獲。他們才剛到不久就有個男孩來許願，他甚至還朝木板條間的空隙丟了兩枚硬幣。

只不過，那個男孩是亞倫•羅賓尼特，他許願希望見到大腳怪，所以恩尼覺得這願望不算數。

「我想尿尿，」恩尼宣布，接著意識到把這句話說出來很蠢。

「好，」萊恩說。「去尿啊。」

「去哪尿？」

萊恩的頭朝洞口的方向示意。「你問去哪是什麼意思？當然是去外面啊。」

「去樹林裡？」

「嗯，你不能在這裡尿。」

恩尼有點扭扭捏捏。「嗯，可是……有點怪耶。」

「哪裡怪？」

「我不知道，外面的樹林是室外耶。如果被別人看到怎麼辦？」

「別耍笨了，如果你在這裡尿，絕對會有人看到你。」

「呃，」恩尼思考著。「如果你出去，我在這裡……」

「出去，恩尼。」

「好吧。」他鬱悶地走出洞穴到林中尿尿。

獨自在井中

幾分鐘後四周安靜下來，接著萊恩聽到上頭傳來人聲。

「好，首先，」一個女孩的聲音從井口傳來，「我不相信神蹟或魔法或童話故事，尤其不相信白馬王子。因為就算是在最好的情況下，當公主也很遜。公主什麼都不能做。住在城堡裡，還不如去住監獄咧。那樣百依百順根本就不是人過的生活，我只是想把我的立場先說清楚。」

百依百順？萊恩認識的人中只有兩個人會這麼說話，一個是厄爾先生，另一個是……

「我也相信一定有什麼合乎邏輯的說法，可以解釋湯米和溫斯頓是怎麼變朋友的。」

另一個會這麼說話的人是麗琪・麥康柏。麗琪朝下方丟了一枚硬幣，正中萊恩的額頭。

「哎呦，」他咕噥一聲，揉揉額頭。

「總之，如果願望或魔法是真有其事的話——雖然我還是不覺得那是真的啦——但老實說，我希望……」

萊恩可以聽出她語氣中的挫折。不管她想許什麼願，她都不願意說出口。

「有時候我覺得我像那種看太多書又想太多的書呆子，甚至無法和別人簡單交談，」麗琪脫口而出，接著她又輕聲加了一句：「我只是……我想知道怎麼變漂亮。」

萊恩聽到一陣窸窸窣窣的聲響和她移動腳步的聲音，像是她走開之後又改變主意走回來。

「如果我相信這種事存在的話，」麗琪的語氣稍稍加重。「我就會許這個願望。但再說一次，我其實不相信，我只是想說清楚。」

接著是一片靜默，她離開了。

萊恩聽到恩尼返回洞裡的聲音。萊恩蹲下身子走進通道，趕在恩尼走到井底前堵住他的路。

「快走吧，」萊恩說，催促恩尼往入口處走。「我們到此為止。」

「好吧，」恩尼順從地說，萊恩領著他們走出狹窄的洞穴。「也許今天就先這樣？」

「嗯，嗯，」萊恩應道，一邊看向洞穴入口。

「你知道，我剛才一直在想，」恩尼說，他們兩人都盯著步道看。「上次我是先去我爺爺的閣樓，接著才來這裡。或許我應該按照這個順序。」

「當然囉，」萊恩說。「畢竟誰知道呢？搞不好你爺爺的閣樓裡還有大腳怪咧。」

「你在取笑我，」恩尼說，但他也微笑起來，彷彿他知道什麼萊恩不知道的事。

「趕快走吧。」他們開始走上步道，接著恩尼突然停下腳步。

「等一下，」他說。

「又怎麼了？」

「我忘了拿我的防風外套。」

恩尼不好意思地聳聳肩，轉身跑回洞穴裡，萊恩則不耐煩地在外面等著。

佩姬・伯納特

恩尼在原處找回外套，但就在他要伸手去拿的時候，他聽到頭頂傳來一個女孩的聲音。

「哈囉？」這聲音聽起來很耳熟。「呃，我叫佩姬，佩姬・伯納特。」

佩姬‧伯納特？恩尼站在井中央，一動也不動，手緊握著溼淋淋的防風外套，怕自己一不小心就會發出聲音。

「我不是……我不是來為自己許願的，」她說，聲音有點顫抖。「我是來幫我小弟賽斯許願的。他現在讀一年級，他讀書讀得很吃力，真的很辛苦。但這一點道理也沒有啊，他很聰明，真的，但他就是無法……」

她的聲音抖得更厲害了，也越來越小聲。恩尼很驚訝。佩姬很漂亮又受人歡迎，是那種似乎生活一帆風順的小孩，但顯然這件事情一直壓在她心頭上。

「我不知道該怎麼辦，我爸媽也不知道，老師們也……大家都很努力想辦法，但都沒有用。賽斯很難過，他常常在哭，卻都假裝自己沒事，但我有聽到他在房間裡哭的聲音。」她一邊說著，一邊努力忍住淚水。「我真希望我知道該怎麼幫他。」

恩尼到外面與萊恩會合的時候，他告訴他佩姬‧伯納特和她弟弟的事情。

「就這樣吧，」萊恩堅定地說。

「當然，」恩尼全心全意地贊同。

「那是我們最後一次進到井底。」

「我完全同……等一下，不是這樣！」

「我們沒有權利聽那些願望。」

「我們可以幫忙。我們有責任幫忙。」

「我們才幫不上忙。而且我們的責任是管好自己的蠢事就好。」

恩尼想反駁，但佩姬許願這件事情，還有一小部分他沒有和萊恩說。佩姬提出了一項交易，一個交換條件。

「在厄爾先生告訴我們的傳說中，」佩姬那時候說。「以西結‧桑普金用他的生命換他孫子的生命。所以我想一定是這樣，願望都有代價對吧？嗯，我還滿聰明的，或許沒像麗琪‧麥康柏那麼聰明，但我成績都還不錯。所以，我在想我可以分一點我的聰明給我弟來幫幫他，平衡一下。聽起來很公平，對吧？」

這個提議很誠懇。不論她是否相信井有能力實現她的願望，恩尼都能從佩姬的聲音聽出來她是認真的。只要能幫上忙，她願意為弟弟做任何事。

這讓恩尼印象深刻。但這也多少證明了萊恩的論點。恩尼覺得自己不應該偷聽佩姬的願望。

不過既然聽到了，他決定，他更應該做點什麼。

「明天我要去我爺爺的閣樓，」恩尼他大聲地宣布，他重新振作起精神。「你等著瞧，事情的發展就會像溫斯頓和湯米的例子一樣。」

「聽起來超棒，你去吧。」

恩尼點點頭，忽視萊恩語氣裡的諷刺。「那我就跟我媽說，明天放學我會跟你回家？」

「隨便你怎麼跟你媽說……什麼？不行。」

「拜託啦。」

「不行，你不能跟我回家。」

「但是……」

「聽好，我受夠當你的保姆了，好嗎？」

恩尼停了下來，有點受傷。「好……好吧，」他靜靜地說。

「聽好，你別……好啦，隨便你。」萊恩惱火地哼了一聲。「你可以跟我一起走路回家，但就只能這樣。我有其他事要忙。」明天是星期四，是幫哈默利太太採買的日子。

恩尼的臉亮起來。「沒問題，你忙其他事情的時候我就去閣樓。結束之後再會合，完美。」

「嗯，」萊恩說。「完美。」

10 恩尼回到閣樓

隔天恩尼和萊恩一起走路回家。雖然艾迪爺爺還在世的時候，恩尼坐車經過南區不下數十次了，但現在走在萊恩的社區裡的感覺卻不太一樣，像是到了某個他不熟悉的新地方。

就和恩尼預期的一樣，萊恩對於恩尼的計畫還是興致缺缺。一路上他都沒說什麼話，急促的腳步彷彿在跟恩尼說快把你要做的事情做完。

他們到艾迪爺爺家的時候，萊恩在路邊停下。「你進得去吧？」

恩尼點點頭。艾迪爺爺在後花園的石頭下藏了一把備用鑰匙。

「好，那就這樣，」萊恩說。之後他就過了馬路，留恩尼獨自進屋。

恩尼從後門開門進去。踏進屋的時候，他覺得自己有點酷，就像一個潛入老屋子的竊賊一樣——直到他抵達閣樓為止。他穿過成堆布滿灰塵的箱子和行李箱，越往裡面走，他就越覺得自己其實不太了解爺爺。他和艾迪爺爺很親，至少恩尼以前曾這麼認為。不過閣樓裡的東西實在太多了，而這些東西意味著什麼，他一點頭緒也沒有。

就像那組美術用具。當時恩尼並沒有多想為什麼這組放了六十年、全新沒拆封且完好保存的美術用具，會和其他沒拆封的玩具一起放在搖椅上。這一點道理都沒有啊，誰會買一堆玩具，然後把它們堆在閣樓裡，一放就過了半個世紀？

恩尼只知道艾迪爺爺希望他來這裡、希望他找到這些玩具。他一一看過這些玩具，把所有東西拿下搖椅，然後緩慢小心地將它們排在地板上。東西總共有五件：

一盒玩具色卡
一隻襪子猴娃娃
一把飛俠哥頓玩具雷射槍
一件手縫百衲被
一具滅火器

最後兩件不是玩具，但百衲被也可以當作送給小孩的禮物。或許就是這樣——這些東西是禮物，但是是要給誰的？

或者說，是什麼場合送的禮物？這問題可能一樣重要。

但這還是無法解釋那具古董滅火器。不論怎麼看，恩尼都看不出它跟其他東西有什麼關聯。

他環視房間一圈，希望能得到某種啟示，就像當初他知道要拿美術用具組的那種靈感，這樣他就會知道接下來該怎麼做。不過到目前為止，他什麼靈感也沒有。上次他沒什麼機會好好思考，當時他一看到美術用具組就知道自己應該把它帶走。

這次卻沒有東西特別吸引他的注意。他仔細思考著佩姬・伯納特和她的願望，想要試著推論。她希望她弟弟能學會閱讀，但這裡的玩具都沒辦法幫這個忙。那堆東西裡面連一本書也沒有，恩尼也看不出它們有什麼教育意義。

他打開那盒老舊的玩具色卡，裡面有一系列大小形狀都不同的塑膠色卡，可以在護貝的玩具板上隨意黏貼或取下。這玩具挺不錯的，但恩尼想不到它對閱讀能有什麼幫助。不過，玩具色卡的盒子就疊在美術用具組下方，滅火器和雷射槍則放在這堆東西後面，百衲被掛在椅背上。照理來說，玩具色卡應該是下一個，因為其他東西都放在它後面。他一把抓起玩具色卡的盒子，在開始懷疑自己之前匆匆離開閣樓。

新來的鄰居男孩

他們從超市回來後，萊恩把採買的東西拿進屋並放進廚房壁櫥，哈默利太太則一邊準備著奶油酥餅和檸檬汁，然後叫萊恩去前門廊等她。

這是他們的例行公事。每次從超市回來後，他們就會一起坐在前門廊喝檸檬汁。有時候他們會聊一下天。對一個老太太而言，她對最近當紅的電視劇、電影和音樂還算頗有了解。

但今天他們都不太說話。沒關係，有時候單純坐著也不錯。

哈默利太太坐在椅子上，將身子往前傾朝對街望去。「嗯，」她說，她的眼睛因為陽光微微瞇起。「看來有一家人搬進艾迪・威爾梅特的老家了。」她小心翼翼地指著對街。

「什麼？」萊恩口齒不清地說，差點把一嘴的檸檬汁噴出來。

「對面屋子的前院有個男孩在看我們，」她的臉皺起來。「真奇怪，我都不知道他們把房子賣了。」

萊恩過了一會兒才明白過來。他完全忘了恩尼了，而恩尼現在正一動也不動地站在他爺爺前院草坪的正中央，像一尊迷惘的花園小精靈雕像。

「不是，哈默利太太，那不是……」

「我再去拿一個杯子，」她說，很快地站起身來。「萊恩，去邀那個男孩過來喝檸檬汁，我們要歡迎他搬來這個社區。」

「但他不是新來的，」萊恩開口解釋，但沒有用，因為哈默利太太已經走進屋裡了。有時候她的動作驚人地敏捷。

萊恩走到對街。「你在幹嘛？」他走近恩尼時問道。

恩尼聳聳肩，有點不好意思。「我不知道，我去過閣樓了，然後……」

萊恩感覺得到恩尼還有話要說。「然後怎樣？」他低聲說，疲憊地嘆了一口氣。

「我跟我媽說我要和你一起走路回家，然後她說，我要她來載我的時候，再從你家打電話給她。」

「過來吧。」萊恩往回走，到對街去。

「我們現在要回你家了嗎？」

「還沒，」萊恩說。「你得先來喝一點檸檬汁，認識一下鄰居。」

熟悉的臉孔

恩尼跟著萊恩走到對街的房子。先前和萊恩一起喝檸檬汁的老太太已經拿著另一個杯子走出來了。恩尼和萊恩走到門廊的時候，她正在倒檸檬汁。

老太太看到恩尼的時候，臉色突然變得很蒼白，像看到鬼一樣。

「哈默利太太，」萊恩說，他沒注意到老太太的表情有多震驚。「這是恩尼‧威爾梅特，他是威爾梅特先生的孫子，他跟我同班。」

哈默利太太的臉恢復血色，但她還是一直盯著恩尼。接著她回過神來，笑了笑自己。「對不起呀。恩尼，是吧？請原諒我一直盯著你看。但，我的天，你看起來就跟他一模一樣。」

蘿蔔——真相大白

哈默利太太匆匆進門去拿東西，兩個男孩則坐在門廊等著。萊恩一臉懷疑地看著恩尼。

「又怎麼了？」恩尼防衛地說。「我什麼也沒做喔。」

哈默利太太拿著一本舊相簿走了出來，坐下來翻找著。「啊哈，」她說，一邊從相簿裡抽出一張老照片遞給恩尼。

那是一張很破舊的黑白照片。照片中有三個小孩，兩個男孩一左一右地站在兩側，中間的是一個女孩。三人在門廊的階梯上吃著冰淇淋。一個男孩的年紀比較大，大約十四歲；另外一男一女比較小，大概九歲、十歲。

「天啊……這是？」萊恩說，他從恩尼身後看著照片。「這是你耶！」

那個年紀比較小的男孩看起來簡直和恩尼一模一樣，這點毫無疑問。難怪哈默利太太差點就嚇到心臟病發。

「我是中間這個，」她說。她的身體前傾，點了點頭。「你爺爺是左邊這個年紀比較大的男孩，這張照片就是在那裡的階梯上拍的。」她指著艾迪爺爺家的門廊。

恩尼看看房子，接著又回過頭來看著照片。「那這個人是誰？」他指著那個像他分身的人問。

哈默利太太哀傷地笑了笑。「那是羅伯，」光是提起這個名字就讓她熱淚盈眶。「他是你叔公，或者說，他本來可以成為你的叔公。他在拍下這張照片後的一個月就過世了。」

恩尼簡直無法相信，從來沒人跟他提過這些事情。「艾迪爺爺有一個弟弟？」

哈默利太太點點頭。「是啊，羅伯是我所認識最貼心的……」她的聲音越來越小，現在正強忍著淚水。

「他……他是怎麼死的？」萊恩靜靜地問。

哈默利太太打起精神。「他的心臟太大了。現在這個問題不是很難治，但那個時候……總之，有一天，他的心臟撐得太大。他睡了一覺就再也沒醒來。」

恩尼又看了看照片。知道這些事情後，他很輕易就能認出照片中的艾迪爺爺和哈默利太太。至於羅伯，恩尼覺得他只看到自己的樣子，感覺很不真實。

在震驚之中，恩尼將照片遞還給哈默利太太。在哈默利太太把照片放回相簿之前，她把照片舉到陽光下，好好地細看了最後一次。她這麼做的時候，恩尼瞥到照片後面有一些字。

「不好意思，哈默利太太？」恩尼伸出手。「我可以再看一下嗎？」

「噢，當然啊，親愛的，」她把照片遞給恩尼。恩尼翻到背後讀上面的字。

艾迪　我　蘿蔔

蘿蔔……

「妳叫他蘿蔔？」

哈默利太太笑了出來。「我叫他羅伯，其他人都叫他蘿蔔。那是你爺爺給他取的綽號。他是個胖乎乎的小孩。」

媽媽們

萊恩帶恩尼回他家。假如萊恩的媽媽對萊恩帶老闆的兒子回家感到驚訝的話，她也沒表現出來。恩尼打電話給他媽媽，她說她二十分鐘內就會到。

帶恩尼回家讓萊恩有點難為情。他知道恩尼家是什麼樣子——大家都知道。他家的房子是全鎮最豪華的。他等著恩尼洩漏出自己真實的想法，或露出某種細微的表情，透露出他瞧不起萊恩、瞧不起他家、瞧不起他們的生活方式。

但恩尼沒有。事實上，恩尼足足跟萊恩的媽媽聊了二十分鐘。

威爾梅特太太到了，萊恩的媽媽邀請她進來坐坐。萊恩以為她會拒絕，以為她會立刻接走恩尼回北區。但她沒這麼做。她直接走進屋，在萊恩還沒察覺之前，兩個女人就已經坐在廚房餐桌喝著冰茶。

威爾梅特太太直接去找迪克蘭，逗著他玩。萊恩看著他小弟把蘋果醬弄到威爾梅特太太的喀什米爾毛衣上。他原本以為對話會因此變得尷尬又生硬，以為會聽到像是昂貴或乾洗或骯髒的小手之類的字眼，但威爾梅特太太一點也不在乎衣服被弄髒。如果迪克蘭吐在她臉上，她可能還會一笑置之。

兩個媽媽很快就開始閒聊起來。過了大約五分鐘，萊恩帶恩尼到起居室。

「你媽很酷，」萊恩說。

恩尼點點頭。「她很愛小孩，」他說。「她想要一個大家庭，但生我的時候難產，所以現在她不能再生小孩了。」

萊恩很驚訝恩尼這麼坦白。

「我和難產，想不到吧，」恩尼說，彷彿讀出萊恩的想法。「我知道。」

萊恩看著他，想開玩笑回他，但此時開玩笑似乎不太恰當。「所以你在閣樓有找到什麼嗎？」

「算有吧，」恩尼說，臉亮了起來。「等著瞧囉。」

11 拿玩具色卡賭一把

隔天，恩尼把玩具色卡裝進後背包帶去學校。他還是不知道彩色的塑膠卡片要怎麼幫助一個小男孩學會閱讀，但他也不願去想玩具色卡幫忙找到大腳怪的可能性。話說回來，他也絕對料想不到美術用具組會對湯米・布雷克斯和溫斯頓・帕蒂爾帶來這樣的影響。他一整天都在思考他該拿玩具色卡怎麼辦，但感覺怎麼做都不太對。

最後，玩具色卡就一直放在他的後背包裡。往好處想，盒子很輕，是用紙板做的，所以恩尼很輕易就忘了它還在背包裡。

放學後，萊恩要照顧他小弟，所以恩尼就回家了。到家的時候，他媽媽留了一張字條給他，說她要出門一下，請他幫忙還圖書館的書。書就和字條一起放在廚房工作臺上。恩尼把背包裡的課本倒出來，放進圖書館的書。

去圖書館的路上，恩尼想到哈默利太太昨天給他看的照片。如果是在一般情況下，他和蘿蔔驚人的相似度會讓他很震驚，但這遠遠比不上他居然不知道自己有個叔公。

恩尼和蘿蔔簡直是同一個模子印出來的，為什麼從來沒有人提起他？連一次也沒有？艾迪爺爺怎麼可以這麼多年來一直瞞著他？

恩尼越想越生氣。

但比起生氣，他更覺得孤單。

哎呀

雖然不太甘願，但萊恩也開始接受恩尼了。不過這小鬼很令人頭痛，所以當萊恩的媽媽請他放學後盡早回家照顧迪克蘭的時候，他其實很高興終於可以自己走回家，不用擔心恩尼或湯米或其他煩他的人。

「嗨，萊恩。」麗琪匆匆趕上他。「最近好像不常看到你。」

萊恩瞬間感到洩氣。「噢，嗨，麗琪。」他以前很喜歡跟麗琪講話，但自從那個奇怪的雜誌事件之後，他不確定她葫蘆裡到底賣什麼藥。

「想一起走回家嗎？」

「我猜可以吧。」

麗琪皺眉。「你猜？」

「嗯，」他說，「一起走吧。」

她停下腳步。「哈迪，我不想要你的同情。」

就是這樣。每次就像這樣。

「妳在想什……我沒有……」

「我猜，」麗琪故意用很低沉又很討人厭的語氣說。

萊恩說：「為什麼妳要這麼機車？」

「為什麼你要擺出這副踐樣？」

「我才沒有……」

「每次我跟你講話的時候，你都用那種眼神看我，好像我是什麼三頭外星人。」

「我才沒有，我只是不想討論雜誌裡的女生。」

麗琪眼裡湧起淚水。「好吧！別說了！」她大叫，突然加快腳步超到萊恩前面。

萊恩覺得很抱歉，也覺得很挫折。這就跟恩尼的情況一模一樣，他心想著。他們都一直踩我的底線，最後我終於反抗，結果我就成了壞人。

「我怎麼做都吃力不討好，」萊恩喃喃自語。「麗琪！」他從她身後喊道。「麗琪，停下來！」

她沒停下來。

「妳明明很漂亮啊！」他喊著。他想都沒想，話就自動脫口而出。

麗琪馬上停了下來。她轉過身。「你剛說什麼？」

「我說，妳明明很漂亮。我不懂為什麼妳覺得自己不漂亮。」

還書箱

圖書館前面有一個比垃圾桶稍微大一點的磚製還書箱，還書箱頂部有個從上往下拉的大捲門。恩尼用一隻手拉著把手，另一隻手伸進背包裡拿書。

每個人時不時都會遇到這種特殊瞬間——在那一瞬間你會意識到自己正犯下愚蠢的錯誤，卻無法及時打住。例如不小心讓門在你身後反鎖，或是弄掉牙刷後，牙刷撞到水槽邊緣，直接掉進馬桶裡。

恩尼關上還書箱捲門的當下，就體驗到這個特殊的瞬間。他發現除了他媽媽從圖書館借的書之外，他也把玩具色卡一起丟進去了。

恩尼很挫折，他走到圖書館門口，不過圖書館為了清點藏書，已經提早關門了，接下來的週末也閉館。最快得等到週一放學後，他才能再回來。

美術用具組的事件彷彿再度上演。

萊恩和他的大嘴巴

「噢！麗琪，妳在幹嘛！」萊恩摸著鼻樑說道，麗琪剛剛重重地打了他一下。

「你怎麼知道的？」

「知道什麼？」

「不要裝傻，萊恩・哈迪，」她氣呼呼地說。「你聽到我許的願望了，你那時也在桑普金井。」

萊恩鼻樑的痛覺消失了，取而代之的是一種想反胃的感覺。直到那一刻，他才充分意識到他剛剛對麗琪說了什麼。他不只是讚美她漂亮。

他說的是「妳明明很漂亮啊」，彷彿在回應先前說過的某句話。當然，他的確是在回應她先前說的話。

不僅如此，他還補上一句他不懂麗琪為什麼覺得自己不漂亮。他簡直不敢相信自己居然這麼說。他總是聽別人說女生會讓男生變笨，他之前不了解那是什麼意思，但現在了解了。

「好吧，」萊恩說，他現在唯一的選擇就是實話實說。「我的確聽到妳說的話了。」

「但我沒在公園看到你啊。」她滿腹狐疑地看著他。「你在跟蹤我嗎？」

「不是這樣的，」他很快地說。

「那是怎樣？」她生氣地問。

她直截了當地問，但不幸地，答案並沒有那麼單純。

「我不是在桑普金井旁邊，」萊恩說。「我是……在桑普金井裡面。」

十分鐘之後麗琪只說了一句：「那，就週一囉？」

「什麼？」

萊恩已經盡可能迅速簡要地對她交代所有事情。全盤托出讓他覺得很暢快，不過他講得越多，就越覺得整件事很荒謬。當他提到恩尼覺得他過世爺爺的閣樓，正用某種神奇的方式要恩尼把東西送給別人的時候，他很確定麗琪會再揍他鼻子一拳。

但她沒有揍他。事實上，故事越離奇，麗琪似乎就越放鬆。當萊恩講到亞倫•

羅賓尼特請桑普金井幫他找大腳怪那一段的時候，麗琪還笑了出來。

接著麗琪要萊恩帶她去參觀。

「哈迪，你聽到我的話沒，」她說。「週一放學後，帶我去井裡面。」

「我還以為妳相信我。」

「噢，我相信啊。你不可能編得出這麼精采的故事。」

萊恩不確定該怎麼解讀這句話。

「雖然如此，」她說：「我還是想親眼見識一下。」

家族祕密

知道蘿蔔的事情後，恩尼注意到他父母總是會用某種簡短的代稱來對話。他們兩人能馬上理解那些關鍵字或詞彙，但對恩尼來說卻是無法破解的暗號。

就像今晚吃晚餐的時候。

「和比克斯約週二了，」他爸說，低頭看著雞肉。

「噢，」他媽媽試著讓自己的語氣聽起來若無其事。「這樣算快嗎？」

「算，也不算，」他爸抬頭說。「現階段還算早，不代表什麼，成或不成都有可能。」

哇，這就在恩尼面前上演！恩尼之前錯過多少這種充滿暗號的對話？他就像發現了新大陸一樣。

但他其實沒有發現新大陸，因為恩尼還是搞不懂他們在說什麼。他甚至連比克斯是誰都不知道。他只知道這對話聽起來很嚴肅，還有他爸媽不想讓他知道這件事。或許這對話跟他爸連續好幾天晚上在工廠和家裡加班有關。

「我昨天有和凱倫・哈迪見到面。」他媽媽說。

「真的？」

「恩尼去他們家找萊恩玩。」

他爸著實吃了一驚。恩尼不常跟其他小孩一起玩。他在學校還算混得下去，但他沒有所謂的……呃，你知道的，所謂的「朋友」。

「道格・哈迪在這樁生意上幫了我很多忙，我會讓他負責這件案子，如果……」

他爸的聲音越變越小。

恩尼的媽媽把注意力轉向恩尼。「總之，」她說：「或許下次你可以邀萊恩來我們家玩。」

或者我乾脆直接叫自己滾開，省得還要萊恩開口，恩尼心想。

「當然，媽。」不過他還是這麼回答了。

恩尼很想講他遇到哈默利太太的經過，甚至告訴他們關於艾迪爺爺和蘿蔔的照片的事。或許他可以自己在話裡藏暗號，讓他爸媽猜他在說什麼。所以晚餐快吃完的時候，恩尼向他爸媽說：「我還有一些作業要寫，我最好趕快把蘿蔔吃完。」

他爸爸沒有反應。

「好，親愛的，麻煩你收一下盤子。」他媽媽說。

不管怎樣，能大聲講出蘿蔔的名字還是讓他覺得十分暢快。

無可避免

週一中午，萊恩請恩尼把他從爺爺閣樓帶回來的東西給麗琪看。

「我沒辦法，」恩尼說。

「沒辦法是什麼意思？」萊恩說。「給她看一下，沒關係啦。我已經告訴她所有的事了。」

「真的嗎？」恩尼一臉興奮。「她相信嗎？」他滿臉期盼地看著麗琪。麗琪揮揮一隻手，一副尚無定論的樣子。

「所以我才要你給她看你從爺爺閣樓帶回來的東西啊。」

「噢，還是算了吧。我拿了一盒玩具色卡，但我不小心把它丟進圖書館的還書箱了。」

「你說你做了什麼？」萊恩說。

「不重要。反正，我們應該要帶她去看井。」

「嗯，我本來還希望我們不用……」

但恩尼已經轉向麗琪。「那裡很酷喔，妳要先蹲下來穿過一個很低很窄的洞穴，那部分有一點點嚇人，但沒什麼好怕的。」

麗琪笑了。「好像很好玩，」她說。

「是啊，超好玩的。」萊恩說。

家庭經濟困難

最後一聲鐘響之後，麗琪跟著萊恩和恩尼走進學校後面的樹林。

「傳說樹林裡有崇拜惡魔的人，」恩尼語帶權威說道。「但別擔心，那只是高中生為了嚇唬人編的故事，這樣他們才能安心地胡作非為。」

麗琪喜歡恩尼，他很討人喜歡，個性也很逗趣。老天！他甚至還用了胡作非為這個成語。

萊恩率先走進洞穴，麗琪跟在他身後，恩尼殿後。他們來到井底的時候，恩尼拍拍她的肩說：「妳不覺得很神奇嗎？」

她不會用神奇這個詞來形容，但確實還滿酷的。

「好了，」萊恩突然說。「妳已經看過井了，我們走吧。」

「什麼？」恩尼抗議。「我們不能現在離開，我們要在這裡待一下，看看有沒有人來許願。」

「不要，我們沒有要留下來。」

「我們當然要，」恩尼說。「只有這樣，你才能向麗琪證明你是從這裡聽到她講話的，這樣才能證明你說的是實話，對吧？」他講到後面那句時看向麗琪，調皮地對她微笑。

他們不需要等太久。大約十分鐘後，他們就聽到有腳步聲靠近。

「嗨，井先生，」一個男孩的聲音傳來。「又是我，亞倫・羅賓尼特。我猜上次我可能沒把我的願望講清楚。我不是許願要一隻大腳怪，像要把大腳怪當寵物一樣，那樣就真的很蠢。只是我朋友傑米一直取笑我，因為我相信大腳怪的存在。總之他真的很機車，我只是想讓他閉嘴，你懂吧？如果讓我找到證據，我就可以讓我朋友傑米——那個機車的人——閉上嘴了。總之，謝啦。」

他們聽見亞倫拖著腳步離開的聲音。

萊恩驚訝地搖搖頭。「井先生？」

麗琪反駁：「我覺得還滿可愛的……」

「等一下，」恩尼插嘴。「還有其他人的聲音。」

「呃，哈囉？」這次也是個男孩的聲音，不過是另一個人。麗琪認不出他是誰，但這聲音聽起來比較成熟，或許是個高中生。

恩尼迫不及待地對麗琪比了個讚；萊恩看向別處，態度很強硬。

在井邊的男孩丟了一枚二十五分硬幣。接著，他開始講起他在工地工作的爸爸背部出了問題。他們的手頭不寬裕，保險也不會負擔專科醫生的費用，所以他爸只好減少工作。屋頂工程賺得錢最多，但他爸爸的身體承受不住，所以只好開始接搭建牆板的工作。

男孩的媽媽在銀行當出納員，但她的工作時數被砍了很多。他們家還過得去，但很勉強。麗琪聽著聽著，很詫異他在講他們家的事情時完全沒有一絲抱怨。男孩週間下午在附近的超市當補貨員，週末則下鄉幫農夫捆稻草。事實上，他來桑普金井是想許願接到更多工作。

因為除了這些事之外，男孩的外婆，也就是他媽媽的母親在波士頓病危了，可能撐不了多久。他們想送他媽媽去和外婆道別，但機票很貴。男孩想說如果他可以東賺一點西賺一點，他們就可以讓他媽媽搭飛機飛去波士頓，房子也不會因此欠款。

「他是什麼意思？」恩尼在那個男孩走了之後問。「房子不會欠款？」

「他在講貸款的事，」萊恩說。「你知道貸款是什麼吧？」

恩尼點點頭。「就是去借錢來買房子。銀行給你錢讓你去買房子，你每個月還一點錢，直到你完全把錢還完為止。」

萊恩說：「欠款就是你繳不出每個月要付的錢的時候。好幾個月都繳不出來的話，銀行就可以拿走你的房子。」

「他們可以這樣做喔？」

「當然可以，」萊恩說。「直到你付清之前，房子都是他們的。」

「所以，」麗琪插嘴。「你們覺得你們可以幫他嗎？」

「沒辦法，我們幫不了，」萊恩斬釘截鐵地回答。「我不知道溫斯頓和湯米之間是怎麼回事，但這跟什麼神奇的閣樓一點關係也沒有。就是因為這樣我才不想來這裡，我們根本不該聽到這些事情。」

「但或許我們可以……」恩尼開口。

「別說了，我們沒辦法。」萊恩站起身，抖掉褲子上的泥土。「你還不懂嗎？這個男生只是想把他的困難說出來，傾訴一下，就這樣。他不想跟父母和朋友哭訴，但憋在心裡又太難受，所以他對著一個地底的大洞說。」

說到這裡，萊恩轉身離開井。麗琪和恩尼跟著他。他們走出樹林的時候，沒有人再多說一句話。萊恩的話顯然傷了恩尼，但恩尼這小孩啊，他的心情不會低落太久的。

「別擔心他，」恩尼輕輕拉了拉麗琪的手臂。「他會想通的。」

「恩尼，」麗琪說。「你真的相信……」她不知道該怎麼把這句話說完。「相信這些事情？」

「當然啊，」他用那種愛幻想的人才會有的堅定語氣說。「妳不相信嗎？」

麗琪看著恩尼。他的眼睛睜得大大的，充滿希望。

「我不知道，」她說。

恩尼拍拍手。「對我來說，這樣就夠了！」

12 內聚力不足

珍妮・戴凡波特很愛書，但連續好幾個小時不停地分類、上架、蓋章，就連她也會對書感到厭煩。

珍妮念高二。她每週有三天在圖書館當志工，通常只是零星的幾小時。但這星期，圖書館員康威太太在清點藏書，所以她很需要珍妮來幫她完成例行工作，例如在櫃臺處理借書、寄通知逾期的電子郵件，還有收回路邊還書箱裡的書。

除此之外，康威太太的兒子杰森還常常來打岔。也沒辦法，他才五歲，精力旺盛又很無聊，是個完全不受控的超級煩人精。好在現在圖書館閉館了，她不用擔心他會到處跑來跑去打擾別人。

珍妮只想結束輪班、回家吃晚餐，然後開始寫她的作業。她的生物課有一篇論文要交。每星期，博德瑞克先生都會隨機指定一個科學相關的題目，要他們寫一篇小論文。這週他們要寫的題目是鮮為人知的生理疾病。她完全不想面對。

「妳在做什麼？」杰森突然跑到櫃臺後面，從她身旁跳出來。他的身體傾向珍妮，把有多力多滋味道的氣息呼到她脖子上。

珍妮嘆了口氣。「杰森，你知道我在做什麼。」不過男孩已經轉移注意力，開始亂翻珍妮剛從路邊還書箱拿回來的那一疊書。

「嘿！這是什麼？」他開始拉扯夾在書堆中的某個東西。

「杰森，住手，這些書是要……」

太遲了，整疊書從櫃臺上掉到地上。

「太好了，真是太好了。」珍妮推著推車繞過櫃臺，朝掉下來的書走去。杰森很緊張，他彎下腰開始將書本撿起。「放在那裡就好，我來收。」珍妮厲聲說。

杰森後退，顫抖著。珍妮知道這只是個意外，這小孩不是故意要把書弄掉的。她看向地板，看到男孩剛剛在拉扯的東西——那是一盒老舊的玩具色卡。她把玩具色卡撿起來。「你想拿的是這個東西嗎？」

杰森小心翼翼地點頭。珍妮看了看盒子，它看起來很古老，但保存得很好。為什麼這個東西會出現在還書箱裡？有時候人們會把要捐的舊書放進還書箱，但這可是玩具。好奇怪，真的很不尋常，但它也恰好是珍妮此刻所需要的。

她把盒子遞給杰森。「你可以把它拿到那邊的桌子，自己安靜玩一下嗎？」

杰森點點頭，臉馬上亮了起來。珍妮把盒子遞給他，他就跑走了。男孩遵守了他的諾言，珍妮撿起最後一本掉落的書時，他仍在附近的桌子安安靜靜地玩色卡。最後一本書的頁面朝下，她翻過來看的時候，打開的頁面吸引了她的目光。

內聚力不足，書上是這麼寫的。

她看了一下封面。這是一本醫學書籍。她翻回去掃視內頁。顯然，內聚力不足是一種視力問題。有這種問題的人，雙眼在閱讀的時候無法互相協調，像是一隻眼睛在看這一部分，另一隻眼睛卻在看另一部分。

身為一個熱愛閱讀的讀者，她不敢想像有這個疾病會是什麼樣子。一種鮮為人知的生理疾病……

珍妮把書登錄電腦，接著自己借了書，把它放進後背包。至少，她找到科學論文的主題了。

這次班會是來真的

這一週幾乎每天都在下雨，雖然萊恩無法在午餐時間踢足球，但至少因為下雨，他不用再被恩尼拖去那個愚蠢的井。

不幸的是，恩尼用這段期間來說服麗琪，要麗琪站在他那邊。萊恩不確定麗琪是否真的相信，至少她不會百分之百完全相信吧。不過只要看到溫斯頓・帕蒂爾和湯米・布雷克斯一起坐在野餐桌，或者看到他們兩人一邊盯著中庭，一邊對彼此說悄悄話，就連萊恩這個懷疑論者都忍不住感到有那麼一點驚奇。

其實就在今早，萊恩才看到溫斯頓和湯米課後去找厄爾先生談話。萊恩一開始還以為他們的蜜月期結束了，溫斯頓是去告湯米的狀。但從他們緊靠著彼此的樣子就可以看得出來他們是一起去找老師的。而且，無論他們說了什麼，他們顯然引起了厄爾先生的興趣。

那天稍晚，厄爾先生在班會上問大家有沒有想討論的話題。佩姬・伯納特馬上舉手。

所有人都很驚訝，厄爾先生也是。

「好，佩姬，」他說。「請告訴我們妳想分享什麼。」

佩姬站起來，她看起來很興奮又有點緊張。「我弟弟賽斯現在讀一年級，他讀書讀得很吃力。大家都很挫折，我爸媽很挫折，賽斯當然也是。」

「妳也很挫折，」厄爾先生靜靜地說。

佩姬點點頭。「但就在這時，賽斯的老師發現了一個疾病。有這個病的人，兩隻眼睛在閱讀的時候沒有辦法協調。所以我們帶賽斯去檢查眼睛，現在我們知道問題出在哪了。最棒的是，這個病是可以治療的！現在賽斯讀書的時候要帶一種特殊的眼鏡，要花一點時間才能矯正過來，但他現在可以閱讀了。他真的可以閱讀了。」

萊恩完全沒有動搖，堅定不移地看著前方。但他從眼角的餘光可以看到恩尼在他的座位跳上跳下，像一個驚慌的三歲小孩急著想去解放一樣。萊恩終於放棄掙扎，看向恩尼，恩尼把手圍成一圈放在嘴巴旁，用唇語刻意慢慢地對萊恩說：「她、來、過、井。」

萊恩用銳利的眼神回望他，大意是：白痴，我知道，我也在那裡。

「哇噢！」厄爾先生很驚訝。「那個老師是怎麼發現賽斯的問題的？」

「厄爾先生，這就是最奇妙的地方，」佩姬說。「賽斯的老師的男朋友是高中的自然老師，他的一個學生寫了一篇相關的文章。」

萊恩試著往好處想。至少這次，他們跟佩姬的願望扯不上什麼關係，不像溫斯頓和湯米的例子，沒有什麼神奇的美術用具組在當中牽線。沒有確切證據能證明他們和這件事有關連。是一個高中生的作業讓佩姬的弟弟學會閱讀，不是什麼愚蠢的玩具色卡幫的忙。

「這個巧合太驚人了！」厄爾先生說。

「對啊！」佩姬說。「這故事真的很妙。我爸媽去和那位自然老師和他的學生見面，你知道，為了謝謝他們。那個寫文章的女生，她說要不是圖書館員的兒子為了拿一盒——我忘了那東西叫什麼了——而弄倒一整疊書，她也不會在那本醫學教科書上讀到那個眼睛疾病。那盒東西……長得像貼紙，不過是塑膠做的，是可以重複使用的那種？」

「玩具色卡？」厄爾先生有點訝異地說。

「沒錯，」佩姬說。

萊恩聽到恩尼從教室的另一端發出尖叫聲。

「我的老天，玩具色卡，」厄爾先生笑了。「現在還有人在生產這種玩具嗎？」

「我不知道，那盒東西看起來很舊，像古董之類的。」

恩尼又尖叫了一聲，這次他的叫聲更長、音更高，聽起來就像是正在洩氣的氣球。

「總之，我猜是有人把這盒玩具色卡忘在圖書館了。所以，那個高中生把書撿起來的時候，就看到書面向地板打開的那一頁，講的正是我弟眼睛的問題，所以就寫了關於那個疾病的論文，很詭異吧？」

「這，」厄爾先生慢慢地說：「可能是我聽過最不可思議的事情了。」

萊恩不願就這樣屈服，他試著往好處想。至少她沒有講到去桑普金井的事，他心想。

「是啊，」佩姬說。「我猜井可能真的有某種魔法。」

簡直是瘋了。

「妳說什麼？」厄爾先生說。

「噢，對了，」佩姬說。「哎！我漏掉那部分了。是不是有一個詞是在形容講故事時，一直不講最關鍵的部分？」

「妳要找的詞應該是『賣關子』？」

「沒錯。其實兩個星期前我去了桑普金井。我記得你在班上跟我們講的那個故事，厄爾先生，我想說去一下也無妨。」

「妳許願希望妳弟能學會閱讀？」

拜託拜託不要說出來，萊恩心想。

「嗯，現在他已經學會了！」

班上爆出一陣興奮的議論聲，萊恩的頭則垂到桌上。

恩尼，閉嘴

「魔法！魔法，魔法，魔法！」

「恩尼，閉嘴！」

但恩尼太興奮了，無法就這麼閉嘴。

「萊恩，」麗琪責備他。

「噢，沒關係，」恩尼快樂地說，還用一種勝利的姿態在他們身邊蹦蹦跳跳，唱著「魔法，魔法，魔法！」像在跳單人的康加舞般。

「你可以停下來嗎！」

恩尼停下來。「對不起，」他說。「但你也得承認，這一切不可能只是巧合。」

萊恩深吸一口氣。「或許……」他懷疑地說。

「太好了！」恩尼驚呼。「我就知道你遲早會明白。」

「或許，」萊恩繼續說。「或許有什麼……」

「魔法，」恩尼誘導他繼續說下去。「說魔法。」

「無法解釋的……」

「你認真？」

「事情發生。但不管怎樣，把我們和這件事扯在一起還是有點過度聯想。」

「過度聯想？聯想？」恩尼簡直無法相信這個人。

「他是對的，萊恩，」麗琪說。「先是美術用具組，現在又是玩具色卡？我們得看看事情接下來會怎麼發展。」

「要嗎？」萊恩幾乎是用懇求的語氣問道。「我們一定要嗎？」

「我們當然要啊，」恩尼說。

13 割草時的沉思

艾迪．威爾梅特的草坪很大，彷彿永遠也割不完。但今天萊恩不在乎，最近發生了很多事，割草讓他有很多時間可以好好思考。

自從幾星期前佩姬在班上講了她的故事後，去拜訪井的小孩就更多了。不只是他們班上的小孩，就連其他班、其他年級，甚至其他學校的小孩都去了。

所有小孩都懷著願望。過去這幾星期，萊恩、恩尼和麗琪幾乎把所有願望都聽過了。這已經變成他們的例行公事，當最後一聲鐘聲響起，他們三個就在學校後面集合，一起走進樹林，沿著步道走到隱密的洞穴。

到了井底，他們就會聆聽那些願望，有時會聽上一個小時，甚至是更久。等到要離開的時候，恩尼每一次都會忘記拿他的防風夾克，只好又匆匆回井裡拿，之後才一起去萊恩家。

萊恩還是覺得他們不應該偷聽那些願望，但恩尼絲毫不讓步，他很確定他們應該這麼做。對一個又瘦又小、比一隻正常黃金獵犬還輕的男孩來說，他對自己想做的事有一種奇特的堅持。

大多數的願望都荒謬得離譜，例如想得到一輛瑪莎拉蒂跑車或一百萬現金，有個小孩還許願想要一隻獅子當寵物。亞倫・羅賓尼特也回來許了好幾次有關大腳怪的願望。

然而有些願望就很嚴肅了。有個男孩很擔心他念高中的姊姊，他姊姊整天都跟別人鬼混，他們抽菸、蹺課，其他更糟糕的事也樣樣來。男孩的姊姊和他們的父母總是在吵架，他很擔心有什麼不好的事情會發生。

另外一個比他們大一年級的小孩到桑普金井為她的表哥許願。她的表哥在阿富汗當了一年半的兵，已經回家大概一個月了，但他很難調適過來。他心情很低落，也不太願意跟人講話。他很常去慢跑，晚上也難以入睡。

萊恩很訝異絕大多數的願望都是為別人而許的，並不是為了自己。而那些願望也是讓他印象最深刻的。對萊恩來說，讓他最念念不忘的心願仍是麗琪第一次來井底時，他們聽到的那個男孩許的願望。也就是那個爸爸失業、家裡負債，但他們還努力想存錢，好能送他媽媽去看快過世的外婆的那個願望。他甚至沒認出那個男孩是誰，但萊恩覺得自己彷彿認識他、能了解他的心情。

不過，這就是問題所在。他一直在想著這些事情，特別是在佩姬・伯納特的弟弟和荒謬的玩具色卡事件之後，他整個人彷彿也被捲了進去，他不禁開始懷疑恩尼是否真的發現了什麼。

而這讓他很害怕。不是因為萊恩反對事情出現轉機，而是因為他的人生哲學是：隧道盡頭的光線通常都是一列迎面駛來的火車。對萊恩來說，壞事永遠沒有盡頭，宇宙總愛和你作對。

獨享星期六

關於井，麗琪可以確知一件事，她的週六因此變美好了。過去三週以來，她幾乎每天都和萊恩與恩尼在一起，麗琪也終於說服她媽媽讓她星期六獨自待在家，不過前提是她們的鄰居哈迪太太也必須在她自己家，如果緊急事件發生她可以馬上來幫忙。

今天是好幾個月以來第一次，麗琪不用在星期六應付她阿姨和表姊。整棟房子都是她的，雖然她也只是吃了玉米麥片、看了點書，而且到十一點半才換掉睡衣，不過她覺得自己彷彿置身天堂。

正在此時，哈迪太太打電話邀她過去一起吃午餐。麗琪到的時候，哈迪太太和威爾梅特太太正坐在廚房喝咖啡。兩個媽媽在旁邊弄午餐的時候，麗琪陪迪克蘭玩了一會兒。萊恩在對街割威爾梅特的草坪，恩尼則待在爺爺家的閣樓。這已經變成他們的慣例：週間他們三個會到井底，接著恩尼會去閣樓尋找「靈感」。

每當恩尼這麼說時，萊恩總是看起來很不屑，但恩尼似乎不怎麼在乎。這小子居然能夠一直懷抱希望，讓麗琪很驚訝；他充滿希望的樣子也極具感染力，讓她覺得很不可思議。

麗琪並沒有完全相信他的話。她還是很理性，不是那種會相信童話故事的人。話雖如此，她覺得真的有一些神奇的事在懸崖唐納利上演。

鎮上的情況似乎也有所好轉，或至少，人們的感覺變好了。大家看起來比較樂觀，比較快樂了。雖然差別不是很大，但能感覺得出來懸崖唐納利正在轉變。甚至連她媽媽這幾個星期以來也沒那麼精疲力盡了。

但話說回來，一個遠離雀兒喜和派蒂阿姨的週六，足以改變任何人看這世界的角度。

裝不進後背包

恩尼一點進展也沒有。這是他第二，不，是第三個星期六上來閣樓，看來他這週又要空手而回了。隨著每週過去，他就對自己越來越沒有信心、越來越猶豫不決，那種神祕的連結感彷彿也逐漸消失。

青草剛被割下的新鮮氣味從後院飄進閣樓的窗戶。恩尼很氣他爸媽從來沒想過要讓他維護草坪。雖然說他的頭勉勉強強才頂到割草機的手把，機器的體積確實也讓他覺得有點害怕，但如果所有人都一直把他當成小朋友看，他就永遠也長不大。恩尼堅信這種瞧不起人的心態會讓一個小孩長不大，而且這不僅是一種抽象的比喻，它實際上也會阻礙小孩的發育跟成長。

但改天再來擔心這個吧。恩尼擔心如果他再不帶東西下樓，萊恩和麗琪就不會再繼續幫他了。他要不要抓個東西就走？隨便一個東西都好，應該不會造成什麼傷害吧？到目前為止，唯一能肯定的事情就是他所做的一切都不會按著計畫走。

至少，不是按著他的計畫走。

不論是美術用具組還是玩具色卡，只要他一把東西帶出閣樓，這些東西最後就會去到需要它們的地方。所以按照這個理論，如果他把玩具都帶出閣樓，事情最終都會得到解決之道，發揮它們原本該有的作用。

但他沒有特別想測試他的理論是否正確。

恩尼深吸一口氣，回想起這整件事情的起頭，當時一道彷彿有魔法的光束領著他找到美術用具組，不過他拿玩具色卡的時候並沒有什麼光束，他是用邏輯做出選擇的。他推論如果拿這些物品有順序可言的話，他應該要按照它們在椅子上擺放的順序來決定。

但問題就來了，那具滅火器和雷射槍抵著椅背並排在一起，他應該要先拿哪個？閱讀英文是從左邊開始讀，而滅火器放在左邊，所以應該先拿滅火器。但裝著雷射槍的盒子是側放的，所以比較凸出來，嚴格說來它離恩尼比較近。再者，滅火器看起來和這堆東西很不搭調。不過，恩尼此時卻比較想拿雷射槍，因為它看起來很酷，這點可能也會影響他的判斷。

恩尼記起他爸曾經告訴他難以做出抉擇時該怎麼辦。「如果不確定要怎麼選，困難的選擇通常是正確的選擇。」

嗯，恩尼知道哪個東西比較難拿。

萊恩一定會覺得很蠢。

「滅火器？」他們走進萊恩家時萊恩說。「超蠢。」

「萊恩！」麗琪斥責他。麗琪來叫男孩們吃午餐。

萊恩翻了翻白眼。「你把它放在哪？」

「我放在後門廊，」恩尼說。「它有點重。」

「所以呢？你就打算把它帶去學校，看看會發生什麼事嗎？」

恩尼生著悶氣。「被你這麼一說，這計畫好像真的行不通囉？」

他們回到萊恩家吃火雞肉三明治跟玉米片。威爾梅特太太已經離開去辦事，哈迪太太剛把迪克蘭放下來睡午覺。

艾迪爺爺的草坪還剩下一點沒割完，所以吃完午餐之後，他們三個又回到艾迪爺爺家。等萊恩處理好草坪之後，恩尼把滅火器給他們看。

「哇！」麗琪說。「這是古董耶！」

萊恩說：「還真大。」

它真的很大。高近三英尺，下方的圓柱直徑足足有六英寸。

「把它放回去吧，」麗琪解釋。「光是氣壓裝置就……」

「我的意思是它真的太大了。」萊恩說。

「沒錯，」恩尼說。「我不可能把它弄去學校。」

「也沒辦法把它藏在你床底下。」萊恩說。

「我知道了，」麗琪思考了一下說。「我們可以暫時把它放在井底，放在那裡應該沒人會發現吧？至少在我們想到要怎麼處理之前先放在那裡。」

小嘍囉

恩尼、萊恩和麗琪輪流提著這具古老的銅製滅火器走向學校後面的樹林。他們碰上那些高中生的時候，剛好輪到恩尼拿滅火器。這四個高中生——兩男兩女——正在抽菸喝酒，而且他們喝的酒果真是薄荷酒。萊恩試著不去想這有多諷刺。

「快走，」萊恩說。「我們得趕快離開這裡。」

他們加快腳步，但其中一個男的看到他們了。「嘿！給我回來，你們這些小鬼！」

這兩個男的是那種典型的白痴混混。萊恩知道有時候像這樣的小嘍囉反而比真正的惡棍還難纏，會鬧過頭的總是那些裝腔作勢的人。

萊恩很討厭逃跑，但他還要顧慮到麗琪和恩尼，所以逃跑是最明智的選擇。

兩個混混開始追孩子們，另外兩個女生試圖叫住他們，但這兩個白痴大呼小叫地上演一場追逐戰，彷彿真的很想抓到這幫六年級生。不過幾秒鐘後他們就慢了下來，咳得很厲害，萊恩還以為他們會把肺咳出來。

「如果再看到你們，我們一定好好教訓你們！」其中一個男的對他們喊道。

「小嘍囉，」萊恩嘀咕。他們三個停下來喘氣時，萊恩看看四周。他們跑到另一條步道上了，這條步道通回學校，但如果折返的話，他們有可能會再遇到那些混混。

用不著花太多力氣，萊恩就說服恩尼和麗琪放棄他們原本要去桑普金井的計畫。這時，恩尼突然意識到滅火器已經不在他手中了。

「對不起，」他低下頭難為情地說。「我們開始跑的時候，我就放手了。」

「不用道歉，」萊恩說。「這麼做沒錯。但我們不能回頭去找滅火器，至少今天不行。」

他們繼續沿著步道走，直到步道領著他們走出樹林，距離先前他們進樹林的入口只有幾百碼。

他們回到萊恩家的時候，威爾梅特太太已經辦完事回來了。再過了一會兒，麗琪的媽媽也來了，她仍穿著醫院的制服。三個媽媽就坐在餐桌聊了一整個下午。萊恩不知道她們在說什麼，但她們顯然不想被人打擾。每次他走進廚房要從冰箱裡拿東西的時候，他媽媽就會趕他出去。

萊恩、麗琪和恩尼在起居室喝著汽水，看了一會兒電視，但恩尼還是很懊惱自己弄丟了滅火器。

幸運的是，萊恩想到一個讓他心情變好的主意。

14 蘿蔔的故事

「還有人要喝檸檬汁嗎？」哈默利太太問道，她拿起水壺，看看還有沒有人要續杯。恩尼、萊恩和麗琪滿嘴都是餅乾，全都舉起杯子要再來一杯。

在樹林裡弄丟滅火器還是讓恩尼耿耿於懷，但萊恩一從廚房回來、關掉電視、宣布他們要去哈默利太太家的那一刻起，恩尼就忘了這件事。自從恩尼第一次遇見老太太之後，他就一直想再去她家拜訪，和她多聊一點。

過去半小時，他們一邊狼吞虎嚥地嚼著餅乾、喝著檸檬汁，恩尼一邊問著有關蘿蔔的問題。

哈默利太太解釋因為蘿蔔的心臟肥大，大家從來就不期望他能活到成年。大人們都知道這件事，但孩子們卻全被蒙在鼓裡。

有些事情還真的不會變，恩尼心想。

幾天之後，萊恩告訴恩尼，哈默利太太邀他們下週六再去拜訪。

「好啊，」恩尼說。「她有說為什麼嗎？」

萊恩搖搖頭。「她只叫我帶你去。」

「她還有說什麼嗎？」

萊恩再次搖頭。事實上，哈默利太太還要他帶他的「小女朋友」一起來，但他沒把這個部分告訴恩尼。

這次他們去拜訪的時候，哈默利太太不是自己一個人。有個老人和她在一起，他大概跟哈默利太太差不多老。

「孩子們，這位是傑克・浩特。」哈默利太太介紹道。

浩特先生和他們一一握手。「很高興認識你們，」他說。當他和恩尼握手的時候，他停了下來，上下打量著恩尼。「安妮，妳真的不是在開玩笑，」他和哈默利太太說話的時候視線也沒有離開恩尼。「他看起來真的很像蘿蔔。」

「恩尼，傑克是蘿蔔最好的朋友。如果你真的想聽蘿蔔的故事，他就是你要找的人。」

白痴巴迪

巴迪是個白痴。海瑟知道他是個白痴，大家都知道。這男人最喜歡三件事情：抽菸、摔破東西，還有穿那件超醜的棕色連帽外套。外套的帽緣、袖口，以及腰際上還有一些髒髒的人造假毛。

此時此刻，他就正做著這三件事情。他們的下午一如往常和狄瑞克、瑪歌在中學後面的樹林裡閒坐抽菸，說實話還滿無聊的。

接著巴迪在樹叢中找到一個老舊的酒瓶，開始把它扔來扔去。他先把它摔到地上，接著又往樹上砸，然後又把酒瓶丟向一棵更大的樹，但就是摔不破。

他還真敗給了酒瓶，海瑟心想。

海瑟知道自己不能再這樣下去了。過去這幾週她不斷惹上麻煩，一連串的麻煩：蹺課、沒交作業、和父母爭吵、超過門禁時間才回家。兩星期前，狄瑞克還在超市偷啤酒被逮到。當時海瑟不知道他要偷啤酒，但她就在他身旁——他們全都跟他在一起——所以全都一起被逮捕。

還有上週末，他們又去找那些學生麻煩。巴迪和狄瑞克聽到他們從附近步道走來的聲音，就跑去追他們。那些小孩當然就逃走了，但巴迪不知道在激動什麼，不停對他們大吼大叫，好像真的很憤怒一樣。海瑟不懂他沒事幹嘛要那麼生氣。

她也不懂，巴迪為什麼要對這個愚蠢的酒瓶發飆？

「海瑟，快過來，」巴迪喊著她。她走過去，看到他站在一塊埋在地裡的大石頭旁邊。「看好囉。」

他開始使勁甩動手臂。

「停下來，巴迪，不要……」

但他開口大叫「碰！」接著將酒瓶重重摔在石頭上。瓶子破了，玻璃碎片四處飛散。海瑟踉蹌地往後退，用雙手擋住自己的臉。

海瑟逃過一劫，但巴迪的臉頰被幾片碎片扎到。他尖叫了一聲，聲音就像女生一樣尖銳。海瑟眼睜睜看著他把香菸丟到一旁的乾樹葉堆——或者應該說，在兩分鐘前還乾燥的樹葉堆，但在巴迪到處亂摔酒瓶的時候，樹葉已經被易燃的酒精浸溼了。

他們反應過來的時候，葉子已經著火了，樹林裡濃煙瀰漫。

海瑟知道她應該走向火源，撲滅火勢，但煙霧讓她失去了方向感。瑪歌、狄瑞克抓著她，他們一起用最快的速度跑出樹林。

慢跑的海軍陸戰隊隊員

查德・芬尼根加入海軍陸戰隊之後，他覺得自己在單位上做的事除了跑步還是跑步。他們早餐前跑，晚餐後也跑，班長迪雷尼為了避免他們惹事，也叫他們跑。那時，查德向自己保證只要一從陸戰隊退伍，他就再也不跑步。

但自從回了家，他還是每天都去慢跑，有時還一天跑兩回。大多數的時候，他都到他以前中學後面的那片林子慢跑。

在阿富汗從軍十八個月後，查德已經回家一個半月了。三年前，他一畢業就和他最好的朋友麥特・瑞德格一起加入陸戰隊。他們一起受基本訓練，接著也一起去做空降訓練。

他們一同動身前往阿富汗，但回來的時候卻只剩查德一個人。麥特的吉普車輾過土製炸彈的時候爆炸了。

現在，查德已經平安回到家，但家對他來說已不再像個家。家人和朋友都熱烈地和他握手，歡迎他的歸來。上星期，甚至還有兩名老人幫他付了午餐的帳單。大家都對他很好，他也很感激，但他還是盡可能不和別人來往。

慢跑讓他好過一點。跑步能幫助他釐清思緒、消耗體力。讓自己筋疲力盡是最好的良方。

他今天早上已經跑了一次，但到了中午，他又開始焦慮起來，所以他在吃晚飯前又再去樹林裡慢跑。才跑到一半，查德就聽到附近有一些高中生的聲音，接著是一個女生的尖叫聲和幾聲喊叫。他停下來，看到一陣煙霧從樹林中竄起。

查德朝尖叫聲和煙霧的方向跑去。當他靠近起火處的時候，他被步道上的某個東西絆了一跤。他雙腳一滑、失去控制，重重摔到地上，但他馬上就爬起來。

他轉過來看絆倒他的東西是什麼。是滅火器，一具古老的滅火器，但看起來仍完好如新。

查德把它撿起來，衝進濃煙之中。

浩特先生

浩特先生說：「那是在他九歲生日的時候。」

他們已經坐在這裡聊了快一個小時，浩特先生說了一個又一個關於他、蘿蔔和哈默利太太的故事。有時候艾迪爺爺也會出現在故事中。很多故事都很爆笑，但儘管這些回憶讓浩特先生露出了微笑，他的微笑始終帶著一絲哀愁。

或許是因為他知道，他最終還是要講到這個部分。

講到蘿蔔是怎麼去世的。

「他家要辦一場盛大的生日派對，」浩特先生說。「午餐前，蘿蔔告訴他爸媽他要去小睡一下，這樣朋友來的時候他才會有精神。蘿蔔上樓進他的房間，就在睡覺的時候，他的心臟停止了。同時，參加派對的人一個接一個來了，蘿蔔的媽媽到樓上叫他的時候……」浩特先生停了下來。接著他靜靜地說：「很悲傷的一天。」

麗琪的眼睛泛淚，甚至連萊恩也哽咽了。但奇怪的是，恩尼似乎因為聽得太過入神而忘了難過。

浩特先生思索了一下，輕聲笑了，但笑聲顯得空洞又哀傷。「是啊，很悲傷的一天。」

哈默利太太倒抽了一口氣。「噢，傑克！」她說，對他伸出手。「對不起，我完全忘了……」

「好了，好了，」浩特先生說。他握住哈默利太太的手，輕輕拍了拍，彷彿在安慰她。「沒關係的。」浩特先生和哈默利太太都靜默不語，接著浩特先生看著三個孩子。「我應該要解釋一下。蘿蔔去世的那天，也是我爸離開我和我媽的那天。」

「他為什麼要離開？」萊恩驚呼，話就這麼脫口而出。

浩特好奇地盯著萊恩看了一下，但接著他只是聳了聳肩。「孩子，我也不知道。」他說。

「先生，不好意思，」恩尼說，臉上露出奇怪的表情。「如果你不介意我問的話，你送給蘿蔔什麼生日禮物？」

浩特先生愣了一下才反應過來，他顯然沒料到男孩會這麼問。這個問題在老人心裡激起一波漣漪，他很努力地回憶著問題的答案。

「蘿蔔想要一個填充娃娃。」他的眼睛睜得很大，彷彿記憶正如同潮水般湧進他的腦海。「我記得，」他繼續說：「他們發現蘿蔔在房裡過世之後，我回到家，聽到我爸媽在吵架。我爸很氣我們把娃娃送給蘿蔔，可是他沒道理生氣啊，我媽在派對好幾個星期前就買好要送給蘿蔔的娃娃了。那天晚上我爸就打包行李走了，之後我再也沒見過他。」

浩特先生安靜下來，陷入沉思。

「襪子猴，」他滿意地拍著膝蓋。「就是這個！我送給他一隻襪子猴。」

大腳怪！

亞倫・羅賓尼特已經在自然保護區的步道走了超過一小時。就在他打算收工的時候，他聽到一個女孩的尖叫聲。亞倫抓起錄影機，朝尖叫聲的方向跑去。

然後，他看到牠了。

在一團煙霧當中，一個身影狂野地揮舞四肢，撥開擋在牠前方的樹枝和灌木，從樹林中竄逃而出。牠的體型和一個男人差不多，看起來很高但動作有點笨拙；身子看起來是棕色的，還沾滿了泥土和樹葉；牠的頭部、腰部和手腕也都有一綹綹的毛。牠用彷彿抽搐般的步伐大步往前跑。

雖然想逃跑的慾望很強烈，但亞倫還是堅定地站在原位，從距離那個生物只有二十碼遠的地方錄下牠跑過的畫面。

那個生物從亞倫身邊跑過的時候並沒有注意到亞倫，不過牠發出了一個很不尋常的聲音。亞倫無法想像體型這麼大的野獸發出的聲音居然如此尖銳。

蘿蔔的禮物

「那些是蘿蔔的禮物？」麗琪問。「美術用具組、玩具色卡……那些東西本來都是要送給他的？」

萊恩瞄了瞄恩尼。恩尼兩眼呆滯。自從他們離開哈默利太太和浩特先生，回到萊恩家之後，這小子幾乎一句話也沒說。

麗琪的媽媽已經來了。現在她、萊恩的媽媽和威爾梅特太太正坐在廚房喝咖啡聊天。她們一點也不在乎小孩們在做什麼，但萊恩還是三不五時將頭探出門外看看，確保她們沒有走出來或偷聽到什麼。

「但這就代表，」麗琪繼續說，她的目光直直看向恩尼。「你爺爺留著蘿蔔最後一次生日的每一個禮物，在閣樓一放就是六十年？為什麼？」

恩尼仍舊沉浸在思緒中，沒有回答她。

「喂，誰來講點話啊。」麗琪生氣地說。

「妳問錯問題了，」萊恩說。

麗琪陰沉著臉。「那什麼才是對的問題，福爾摩斯先生？」她氣呼呼地問。

「艾迪的閣樓裡真的有一隻襪子猴嗎？」

志同道合

等消防局長奈特・科林斯抵達現場的時候，懸崖唐納利自然保護區的火勢已經被控制並撲滅了。只稱其為好消息就太輕描淡寫了。樹林中的火勢很容易就會蔓延開來，一發不可收拾。特別在這個時節，地面很乾燥，又有一堆枯枝落葉。

之所以能這麼幸運，是因為有個在慢跑的人剛好路過。他用一具在樹林裡找到的滅火器，靠著一己之力就將火勢撲滅。

那人找到一具埃爾克哈特的古董銅製滅火器。

這看起來好像五〇年代的東西，正面甚至還有一個寫著藍字的黃銅名牌。消防局長簡直不敢相信這東西還能用。

在奈特的小組調查之後，他們確認火勢是因一個掉在枯葉堆上的菸蒂而起，再加上附近有個破掉的酒瓶流出蘭姆酒助長了火勢。

幸運的是當時剛好有人在旁立即阻止火勢蔓延。奈特親自謝過這名撲滅火勢的年輕人。奈特從他的神情舉止可以看出來這名慢跑者——這名嚴肅、謙恭有禮，名叫查德的年輕人——曾當過兵。奈特猜他是海軍陸戰隊的，完全正確。

他也另外猜了其他事情，而他的猜測也沒錯——這個年輕人上過戰場，而且戰爭的陰影也跟著他回了家鄉。奈特也曾經是名陸戰隊隊員，他在第一次波斯灣戰爭時被派駐了兩次。他也記得要重返社會有多麼困難，尤其一開始更是辛苦。

奈特親自開車載查德回家。年輕的軍人要走出車外時，奈特問他有沒有想過要當個消防員。

突如其來的問題讓查德嚇了一跳。「報告長官，長大以後就沒有想過了，」查德回答，臉上微微露出一笑。

海瑟腦中的自我對話

蠢，超級蠢，真的是蠢斃了。她到底在做什麼？為什麼她要在樹林裡抽菸，和那些喜歡砸東西和嚇唬小孩的人鬼混？她到底跟那些覺得做這種事情很有趣的「朋友」在做什麼？

海瑟以為自己知道迫切渴望某件事物是什麼樣的心情。但今天，海瑟覺得自己從來不曾如此想要一件事——她想讓一切恢復原狀，想讓那個愚蠢的下午消失不見。

那天稍晚，當她得知火勢被撲滅、沒有人受傷的時候，她鬆了一大口氣。

是時候停止做傻事了，她的大腦告訴她。而這次，她真的聽進去了。

證據！

影像可能有點晃，所以亞倫把它存到電腦之後，還得一個影格接著一個影格地看，好檢查每個畫面的細節。煙霧和樹木遮住他的視線，但亞倫還是很有信心，他相信自己剛錄下的畫面是自從帕特森和吉姆林在一九六七年拍下的影片以來，最重要的大腳怪證據。

當他好不容易走出步道來到北區公園邊緣時，消防車已經駛進公園攀爬架旁邊的小停車場。

兩個消防隊員急著想問亞倫問題，首先，他們想知道他在公園做什麼。或許他們原本還想問其他問題，但就在聽見亞倫回答他在尋找大腳怪的時候，這兩個消防員只是互看對方一眼，就叫亞倫回家。

那隻猴子

恩尼、萊恩和麗琪正準備溜去艾迪爺爺的閣樓拿襪子猴的時候，三個媽媽剛好決定結束她們的咖啡閒聊時光，各自回家去。大人總愛破壞好事。

看樣子襪子猴和浩特先生得等改天了。

但接著，三個小孩的運氣瞬間轉變。至少三輛消防車從幾個街區外的路上呼嘯而過。警笛聲吵醒了正在午睡的迪克蘭，不久三個媽媽就在廚房對迪克蘭又抱又哄，也因此就理所當然地忘了萊恩和他的朋友們。

嗯，就差那麼一點啦。

「萊恩，親愛的，」萊恩的媽媽在他們三人準備溜出去的時候叫住他。「你爸和威爾梅特先生又要工作到很晚了，所以我們要點些中國菜外送。」她塞了一張菜單和便條紙到萊恩手中。「去問一下你朋友想吃什麼。」

一直等到晚餐結束後，他們才找到空檔溜去艾迪爺爺家。

恩尼去閣樓的時候，萊恩和麗琪在樓下等他。襪子猴就在搖椅上，靠著百衲被。兩者都被塑膠袋緊密地封起來，保護它們不長蟲積灰塵。在透明的塑膠袋內，他看到猴子的頸部繫著一張卡片。恩尼唸出卡片上小男孩的潦草字跡：

送給我全世界最好的朋友
傑克上

恩尼鬆了一口氣。蘿蔔的禮物似乎很愛跟他搞失蹤，他原本還以為襪子猴不會在原處。

而且更棒的是，他暗自竊喜著，這次他甚至不用思考要選哪一個。

15 一場科學辯論

「拜託，那才不是大腳怪咧。」

「閉嘴，傑米，」亞倫說。「你就是無法承認我拍到了證據……」

「證據？」傑米大笑。「好吧。」

「因為被煙和樹擋住，所以影片有點模糊，而且牠跑得超快。」

「還有因為那就是一個穿著熊裝的男人。」

自從第一聲鐘聲響起他們就一直在爭辯，就連進了教室後也還在吵。前幾晚亞倫把錄到的一些影像燒到DVD光碟上，他宣稱這將證明惡名昭彰的大腳怪真的存在。

如果說亞倫和傑米只是意見不同，那就太小看他們的爭執了。

「你就是不願意承認你錯了，」亞倫的聲音沙啞，他很沮喪。

「你就是不願意承認你瘋了，」傑米說。

萊恩很高興他們轉移了桑普金井的話題，至少是一下下。尤其自從一名前海軍陸戰隊英雄用一具在樹林裡發現的古董滅火器幫忙撲滅自然保護區的火勢之後，當地新聞一直大肆報導。

比起美術用具組和玩具色卡，滅火器對萊恩造成的衝擊更大。他可是親手提過這具滅火器，而且恩尼把它弄丟的時候，他就在旁邊。這件事情是真的，他親身經歷了。但同時，他知道的事情越多，他就越無法理解。這件事是怎麼和井扯上關係的？什麼願望會和在樹林裡不知打哪來的火災有關係？

厄爾先生教室的另一頭則沒有被這場逐漸升溫的大腳怪爭論影響。在那端，溫斯頓和湯米緊靠在一塊看著溫斯頓的畫本。萊恩看得出來這兩個人在謀劃著什麼，但目前他還不知道是誰在教唆誰。

昨天萊恩還看到他們兩個人在學校的中庭，手拿著量尺，一副專注篤定的樣子。幸運的話，他們把襪子猴交給浩特先生後，這一切就會結束了。萊恩猜（或者說，他是迫切地希望）襪子猴就是這一切的終點。這個填充玩偶一定就是恩尼的爺爺要恩尼去閣樓的原因，他希望恩尼把它找出來，還給他小弟最好的朋友。或許其他的東西，像美術用具組、玩具色卡，以及它們所實現的願望，就只是偶然，是巧合，沒有別的。

萊恩不太相信巧合，但如果另一個選項是恩尼所謂的「魔法」，那他除「魔法」之外什麼都願意相信看看。

萊恩、恩尼和麗琪計畫週五一起帶著襪子猴去哈默利太太家，把猴子還給傑克。麗琪的媽媽已經問過可不可以讓麗琪週五晚上去萊恩家，因為她有工作要忙。萊恩想說他們乾脆辦一場派對，邀恩尼一起來他家過夜。恩尼甚至興奮地尖叫了起來。天啊，這小鬼還真奇怪。

話說回來，如果他們真的可以在週五了結桑普金井事件，萊恩自己也很可能會興奮地尖叫。

襪子猴驚喜

週五下午，三個小孩帶著襪子猴到哈默利太太家。但哈默利太太打電話到浩特先生家的時候，竟然沒人接電話。接著她才突然記起。「對了，」她說，拍了拍自己的額頭。「今天是星期五。」

「星期五怎麼了？」麗琪問。

「傑克每個星期五都會去樹蔭巷拜訪，那是間養老院。」

孩子們聽了很洩氣，尤其恩尼更是灰心。他從閣樓拿下來的其他東西都被他弄丟了，他很想在把事情搞砸之前好好把襪子猴交給老人，免得它也遭受像美術用具組，或玩具色卡，或滅火器那樣的命運。

「那麼，」哈默利太太說，她抓起放在廚房流理臺上的鑰匙。「我們走吧。」

大約二十分鐘之後車子開進樹蔭巷，他們看到浩特先生和一個坐著輪椅、非常非常老的男人在陽臺上。浩特先生和哈默利太太已經很老了，但這個人的年邁程度是另一個等級，他簡直跟《聖經》一樣老。浩特先生仔細地照顧老人，調整他腿上的毛毯，為他倒冰茶，同時也推著他的輪椅，好避免陽光直射在老人身上。看到哈默利太太和孩子們的時候，浩特先生站了起來，他有點吃驚但沒有不高興。

「傑克，」哈默利太太開口。「恩尼找到一個東西，他覺得你應該會想看看。」

恩尼把襪子猴遞給浩特先生。浩特先生眼睛睜得老大，他從男孩手中接過襪子猴時雙手還止不住顫抖。

「我的天啊，」浩特先生說。「你從哪……怎麼……？」

「從我爺爺的閣樓拿的，」恩尼說。「娃娃一直放在那裡。」

浩特將襪子猴從包裝袋拿出來。他眼眶泛淚，雙手撫摸著填充娃娃，彷彿透過這樣的撫觸，他就能喚起更多他上一次看到娃娃時的記憶。

浩特先生的目光轉回坐在輪椅上的老人。「史坦利，你應該記得安妮。」

「哈囉，史坦利。」哈默利太太親親他的臉頰。

「這是恩尼、萊恩和麗琪。恩尼是艾迪・威爾梅特的孫子。」

老人溫暖地笑了笑。「很高興認識大家。」

「孩子們，」浩特先生說。「這位是史坦利・杜南警探。」

杜南警探咯咯笑著。「是退休的警探。」

浩特先生講話時雙手仍緊緊握著襪子猴。「史坦利他……嗯，在我爸走了之後，他很照顧我和我媽。」

「您是浩特先生爸爸的朋友嗎？」麗琪問。

杜南警探思考著該怎麼回答才好。「嗯，我們稱不上是朋友，但可以說我們有共同關心的事情。」

「我應該解釋一下，」浩特先生插嘴。「我爸是個罪犯。」

「嗯，是的，」杜南警探說。「班尼・馬丁利是個竊賊，而且是神偷，是個神通廣大的神偷。」

「然後你逮捕了他？」恩尼猜。

杜南警探笑了。「噢，不！班尼太高招了，像我這樣一個小鎮警探是抓不到他的。但我很幸運，因為他從來不吃窩邊草，你懂我的意思嗎？」

萊恩和恩尼不懂。

「他的意思是，班尼・馬丁利從來不在懸崖唐納利偷東西。」麗琪解釋。

杜南警探讚許地對她點點頭。「他大部分都在芝加哥行竊，還有在印第安納波利斯。」老警探很高興能重提老本行。「他這個人很謹慎。」

「是因為這樣他才用不同的姓氏嗎？」麗琪問。

「答對了，」杜南警探說。「以防別人來找他。」

在此同時，浩特先生戳著襪子猴娃娃靠近尾巴的地方。

「怎麼了嗎？」哈默利太太問。

「裡面有些填充物可能硬掉了，感覺這裡好像有一塊石頭。」

「拿來我看看，」杜南警探說，示意要拿填充娃娃。他從襯衫口袋拿出眼鏡，仔細地檢查襪子猴，特別留意縫線的地方。

「年輕人——萊恩，對吧？」

「是的，警探。」

「你有沒有看到在我身後大約三十英尺的地方，有一位女士正坐在那裡織著要給她孫女的毛衣？」

「我看到她了，」萊恩答。「告訴她史坦利想跟她借拆線刀。」

萊恩照著他的話做，他向那位老婦人借了拆線刀，遞給杜南警探。

「怎麼回事？」浩特先生問。

「這個縫線，」杜南警探指著。「不是原本的縫線。」

他把襪子猴放在腿上，小心翼翼地拆開縫線，接著杜南警探將手伸進娃娃，摸出一顆很大的紅寶石，直徑大概跟一元硬幣差不多。

「哇，我的第二份退休金！」老人驚嘆。

浩特先生的膝蓋一軟。「那是霍利奧克紅寶石嗎？」

杜南警探將寶石拿起來對著光線。「我想它正是。」

哈默利太太和孩子們完全驚呆了。浩特先生和杜南警探也很驚訝，但從某個層面來說，他們也沒有那麼驚訝。

「應該差點就被他們發現了。」杜南警探說。

「他真的……他真的是為了我們才這麼做的，」浩特先生說，他的聲音小到快聽不見了。

「噢！看在老天爺分上！」哈默利太太大聲地說。「可以告訴我們到底發生什麼事了嗎？」

霍利奧克紅寶石

「『一九五二年，霍利奧克紅寶石從芝加哥紡織大亨尤斯塔斯・霍利奧克的私人地窖遭竊，』」麗琪從恩尼的手機讀出這段。他們現在都回到杜南警探的房間裡了。

「『在寶石遭竊時，它價值一千四百萬美金』！」

哈默利太太代替他們所有人驚呼了一聲。

麗琪粗略掃過文章，讀著文章結尾。「後面說霍利奧克紅寶石從來沒被尋獲，」她抬頭看看其他人。「所以在過去這六十年，世上最稀有的寶石之一就藏在一隻襪子猴裡？」

浩特先生咯咯笑了。「就在艾迪・威爾梅特的閣樓，誰想得到呢！」接著他的臉色突然變得陰沉。浩特先生聲音低沉地說：「所以，是摩爾登幹的。」

杜南警探嚴肅地點點頭。

「摩爾登又是誰？」萊恩原本不打算這麼唐突地拋出問題，但他從兩個男人互望對方的眼神可以看得出來，霍利奧克紅寶石這一段只是故事的一半而已。

「我當然沒辦法證明，但我當時一聽到這起竊案，就有預感是班尼幹的。」老警探盯著霍利奧克紅寶石，彷彿他正看向過往。「全紐約市有能耐買賣這麼貴重贓物的仲介商人就只有一個，」他繼續說道：「就是那個芝加哥人，奧森・摩爾登。」

萊恩歪頭看向麗琪。「這種仲介商會做非法贓物的買賣，藉此從中賺取利潤。」麗琪已經料到萊恩想問這個。

「多謝，」萊恩喃喃說道。

「雖然我們沒辦法證明，」浩特先生說：「但我們一直都懷疑是摩爾登出賣了我爸，為了拿到寶石幹掉他。」

杜南警探說：「在班尼離開小鎮的前一天，一輛掛著伊利諾州車牌的車在懸崖唐納利鎮外的 72 號公路因為超速被攔下來，車裡坐著兩個男人。」

「摩爾登的手下，」麗琪猜測。

杜南警探點點頭。「警察沒有拘捕令。他們也很聰明，沒在車子裡放任何武器。攔下他們的警察知道他們是殺手，也知道他們正在追殺班尼，但他沒有理由逮捕他們。」

「所以他就放他們走了？」

「他也只能這麼做。」

「等一下，」萊恩說。「你就是那個警察，對吧？」

杜南警探的表情像是希望一切能夠重新來過，但內心深處又知道自己已經無力回天了。

「所以你一知道自己無法抓住那兩個殺手，」麗琪推論，幫杜南警探把話說完。「你就採取了次要方案，跑去警告班尼‧馬丁利。」

「我去警告他了。」杜南警探搖搖頭。「我猜班尼會帶他的家人離開，和寶石一起消失。」

麗琪繼續往下推論，隨即大聲驚呼。「但那個時候，浩特先生已經把襪子猴送給蘿蔔‧威爾梅特了，裡面還裝著霍利奧克紅寶石！」

「等一下，你的意思是這個可憐的男人會死掉，是因為他把寶石藏在錯的填充娃娃裡面？」萊恩問。

「你這麼說，」杜南警探慢慢地說：「也不算有錯。」

「從威爾梅特家取回襪子猴太冒險了，」麗琪輕聲說出其中的道理。「那會讓威爾梅特一家和他自己的家人都陷入危險。」

「所以他回到芝加哥，」萊恩接著推論。「好引誘殺手遠離他的家人。」

「他的屍首在他離開小鎮三天之後，從芝加哥河裡被撈起來。有一顆子彈穿過他的後腦勺。」

一直保持沉默的恩尼這時總算開口。「他為了保護家人犧牲了自己。」他靜靜地說。

「也保護了你們家，孩子，」杜南警探補充道。「多少可以這麼說。」

「摩爾登後來怎麼樣了？」麗琪問。

「有趣的是，」杜南警探說。「幾個月之後他也死了。傳言說他試圖賣掉假的霍利奧克紅寶石，惹惱了一些很危險的人。」

「班尼・馬丁利在自己被殺之前，還給他一個假貨？」萊恩問。

「滿有可能的，」杜南警探說。「這麼做才能讓摩爾登以為自己得逞了，這樣他就不會繼續尋找寶石，也不會再回來懸崖唐納利。」

萊恩望向浩特先生，浩特先生已經默默退出對話了。萊恩很驚訝，浩特先生居然正在微笑。

「我一直以為我白白浪費了一枚二十五分硬幣。」他說，向哈默利太太眨了眨眼。

「桑普金井，」哈默利太太柔聲說，彷彿記起了什麼事情。

「什麼？」麗琪和萊恩異口同聲地喊著。

「在我們那個年代，大家常常把硬幣丟進桑普金井裡許願。」哈默利太太對孩子們解釋。

「不會吧，」萊恩生硬地說。

「浩特先生，希望你不介意我這麼問，」麗琪開口：「你許了什麼願望？」

「就像他那天問的，」浩特先生把頭轉向萊恩，說：「我只是想知道為什麼。」

一個可行的計畫

終於，他們的對話又回到了那個棘手的問題，也就是那顆被偷的寶石。根據麗琪的查證，這顆寶石要價比一隊小市場的職業美式足球隊還要高。

他們很快就決議讓浩特先生和杜南警探把霍利奧克紅寶石交給相關當局。恩尼、麗琪和萊恩發現寶石的事，就當成他們六個人之間的祕密。

「最好說是傑克在整理其他舊物時發現了寶石，」杜南警探看著恩尼說明著。

「沒必要讓人知道它其實一直在你爺爺家。你爸的煩惱已經夠多了，他現在不需要再為這件事分神。」

恩尼不太確定要怎麼反應。他很困擾大人不是跟他一起做決定，而是擅自替他做決定。尤其一開始襪子猴還是恩尼發現的，也是他親自把猴子娃娃連同霍利奧克紅寶石交到他們手上。

讓恩尼更困擾的是，他不了解為什麼杜南警探要這樣說他爸爸。但讓恩尼最困擾的是，萊恩和麗琪似乎完全理解老警探說的話。

亞倫・羅賓尼特越挫越勇

亞倫・羅賓尼特很討厭傑米・達爾。傑米是亞倫最好的朋友，但亞倫還是很討厭他。亞倫討厭傑米在班上羞辱自己，討厭他模仿自己錄的影片，導致所有同學也一起嘲笑他。傑米真是個大混蛋。

每當亞倫被激怒或覺得不自在的時候，他就會坐不住。如果他正坐在椅子上，他的腳就會開始急速上下抖動，抖到腳下的地板都在震動。他的手臂也會變得緊繃，手掌使勁按壓額頭，壓到眼睛上方都紅成一片。

此時此刻他真的被激怒了。強烈的挫折感朝他襲捲而來，他手臂、雙腿、頸部的肌肉都緊繃起來。他覺得唯有打破某個很有分量又重要的東西才能舒緩這種情緒。他看向書桌，幾乎就要抓起他的電腦往地上砸。

但他沒這麼做。那臺電腦超級貴，是他爸媽去年買給他的聖誕禮物。他們覺得把高科技產品塞給亞倫的話，也許能轉移他尋找怪獸的執念，或打消他大學想攻讀中世紀民俗學的念頭，讀其他任何學系他們都可以接受。

那臺機器很厲害。它的作業系統很強大，什麼都能做，像是衛星定位或掌管大都市的運輸系統，又或者……

跑最新的影像強化軟體。

被排除在外

「你爸想和銀行貸款來挽救工廠。」萊恩說。「你爸和我爸過去這幾個星期就是在忙這件事，這就是他們最近都不太會待在家的原因。」

他們正站在養老院外等哈默利太太和浩特先生他們講完話。恩尼覺得格外氣惱，因為比起一無所知，只知道一點點細節更讓他覺得自己很愚蠢。

「是你爸跟你講的嗎？」恩尼說。

「恩尼，幾乎全鎮的人都知道。」

恩尼的臉頰脹紅，前一刻他只是覺得不太好意思，現在卻已經升級成核彈等級的丟臉。全鎮的人都知道？

全鎮的人都知道，當然啊，除了他以外。

他就是那個被排除在外的人。

「所以，現在你知道你爺爺的閣樓藏著偷來的紅寶石這件事，如果被報導出來會有多難看了吧？」麗琪說，一邊用手臂摟著恩尼，試著安慰他。「如果你家藏了一顆稀有寶石，誰知道還藏了什麼東西？大家不會理解為什麼你爸還要貸款。」

恩尼正想開口抗議，但這時哈默利太太走出了養老院。大人們決定最簡單的做法就是忠於原本的故事，但只說到班尼・馬丁利把霍利奧克紅寶石藏進襪子猴那段為止。浩特先生會跳過把襪子猴送給蘿蔔當生日禮物的事。他會說襪子猴一直都是他的玩具，直到最近他才從他過世的媽媽家裡一個存放紀念品的箱子發現它。最高明的謊言都是最接近事實的謊言，比較好記，也比較經得起檢驗。

從樹蔭巷回來的整路上恩尼都在生悶氣。他很沮喪，因為他意識到自己幾乎是鎮上唯一一個不知道他自家的企業正岌岌可危的人。

孩子們回到萊恩家之後，恩尼看到他媽媽已經把他的過夜包帶來了，也看到哈迪太太爐子上的辣燉肉醬，他想起今晚要在萊恩家過夜的事情，心情突然變好了。

這是他第一次在別人家過夜！

孩子們和哈迪太太與威爾梅特太太說再見，兩位媽媽要去麗琪家幫她媽媽準備工作上的事。恩尼這時才意識到，今天其實很美好，而且很神奇，只能這樣形容了！有一顆寶石藏在襪子猴裡，還有一個不可思議的故事，故事裡有竊賊和殺手，還有一個父親為了救他全家而犧牲了自己的生命——該有的元素全都有了。

當然，要保守祕密讓恩尼有點失望，但沒關係，因為他有朋友了。他有和他一起整晚看動作片、吃辣燉肉醬就心滿意足的朋友，他們也會假裝沒看見恩尼在驚悚片段撇開視線。他們信任恩尼，不會把恩尼當成小小孩看。現在他確信，即使桑普金井的整個事件都結束了之後，他們還會繼續把恩尼當朋友。

井的事件也確實告一段落了。自從整起事件發生以來，恩尼從來沒有這麼篤定的感覺。當他蜷曲在電視前面的懶人椅，迷迷糊糊地進入夢鄉時，他知道自己再也不會回桑普金井了。今天襪子猴事件的發展、故事的前後呼應和接近完結的劇情，以及最後和浩特先生與杜南警探那場他們永遠不會再重提的對話，這一切的一切都讓恩尼相信這就是故事的大結局。

他已經完成了爺爺遺留下的任務。

平靜只是假象

那天稍晚，所有人都入睡之後，萊恩還窩在躺椅上看最後一部電影。他很久沒有覺得這麼心滿意足了。看樣子，襪子猴為整個桑普金井事件做了完美的了結。

萊恩很確定自此之後事情就會回到常軌，雖然現在的情況已經和之前不太一樣了。或許他們的日常能變得比之前還好一點。

萊恩正在看的電影是一部驚悚的警匪片。嗯，其實他沒有很認真在看，因為他現在已經昏昏欲睡了。這部電影在描述一個女人被威脅著全市的連續殺人犯追殺，後來保護這個女生的警探愛上她的故事。萊恩記得他爸曾說在這類型的電影中，劇情的轉折處常會製造出一種平靜的假象——一個糊弄人的結尾。在這種結尾，犯人不是被逮捕就是被殺，主角就會掉以輕心，後來才發現警察抓錯人，或者犯人根本是假死，所有人因此陷入比先前更可怕的危機之中。

萊恩在看的電影恰好就用到這個手法，但他在看到這段之前就已進入夢鄉。

16 本日新聞頭條！

到了週一，藏有紅寶石的襪子猴已經成了全國最熱門的新聞頭條。這也難怪，這個故事該有的元素都有了。它很不可思議，既好笑又溫馨，同時故事背景又帶有懸疑、危機和悲劇色彩。

更不用提「襪子猴屁屁——挖出紅寶石！」這則讓人印象深刻又好記的標題。這則報導在有關當局宣布找回紅寶石不久後就風靡全國。有好一陣子，懸崖唐納利是新聞的焦點。傑克・浩特和史坦利・杜南警探（已退休）還從霍利奧克基金會得到一筆小額獎金，甚至還上了幾檔脫口秀。浩特先生在節目上會講起他小時候希望能知道有關他爸爸的事，因而到桑普金井許願的往事。這個故事特別合觀眾的胃口。

萊恩真心希望老人沒有講到那部分，但他也沒辦法責怪他，而且講出來似乎也沒什麼大礙。

更何況，就算浩特先生沒提到是井幫他找到寶石，所有懸崖唐納利的居民或多或少都已經這麼認為了。現在整個懸崖唐納利，無論是北區還南區，每個人口中談的都是桑普金井。

例如孩子們在電影院排隊時的對話……

「我姊姊以前都跟一群小混混在樹林裡鬼混惹事，所以我就去桑普金井許願。然後，大概過了一個星期，她突然就完全不跟他們出去了，一切都好轉起來了。」

或是女孩們在學校前的閒聊……

「我表哥以前是海軍陸戰隊的。自然保護區失火的時候他剛好在樹林裡，他就用從地上找來的一具滅火器把火撲滅了，現在他進消防局工作耶！」

或亞倫．羅賓尼特說的話……

「你們等著瞧……那是大腳怪，我會證明給你們看！」

所有人都在談論桑普金井，而且不只是孩子們而已，這個沒落的老地標頓時成了整個小鎮的焦點，井也變成大家聊天時的開場白，就像當地的球隊或是快要選舉的時候一樣，井成為咖啡廳或美容院裡眾人八卦的題材。

不管萊恩走到哪裡，他似乎都無法避開這個話題。下課的時候他甚至會故意在走廊大聲哼唱，才不會聽到其他小孩討論著他們許了什麼願望，或是又有什麼願望實現了。萊恩最後甚至認真考慮要裝病，如此一來他就可以待在家裡享受片刻清靜。但就在此時，這一切似乎進入尾聲。眾人對小鎮許願井和猴子屁股裡藏著的貴重寶石的熱度就這麼消退了，人們開始將注意力轉移到其他事上。

萊恩對此一點也不介意，甚至連恩尼也不再像之前一樣熱衷了。事情似乎已經告一段落。

萊恩、恩尼和麗琪一致同意，他們不會再去桑普金井了。

班表調動

湯米・布雷克斯的爸媽從他六歲開始就把他單獨留在家，部分原因還挺合理的。他爸爸在製作廚房用具的工廠生產線工作，他喜歡輪第二班（下午四點到午夜），這樣他就可以利用白天的時間睡覺，在湯米放學回家前就出門工作，並在下班後直接去酒吧。他媽媽輪第一班，但她常常在加班，所以通常她回家時湯米都已經入睡了。

一直以來就只有山姆在照顧湯米。山姆盡他所能地照顧他，同時一面上學，一面努力保住工作。他教湯米怎麼開瓦斯爐、用烤箱、操作洗衣機和烘衣機。

他教他怎麼照顧自己。

年僅六歲就要獨立生活對小孩來說不是很健康，大多數的人絕對無法體會湯米的孤獨。就算沒在看電視，他也常常將電視開著，至少電視聲能填補房子裡的寂靜。

雖然這麼說有點於事無補，但好在小孩也很有韌性。過了一段時間，湯米就適應了這種情況，變得很擅長獨處。所以當溫斯頓‧帕蒂爾開始在放學後和他一起走路回家，他還重新適應了一下。

起初他們把自己的計畫告訴厄爾先生的時候，湯米很確定老師一定會反對。並不是因為他覺得厄爾先生是壞人還是怎樣，厄爾先生對湯米的態度絕對比其他老師友善得多，只是湯米已經習慣聽到大人拒絕他。

出乎他們意料之外，厄爾先生不僅表示贊同，還提議當這個計畫的指導老師。頭幾天，他們放學後會跟老師一起開會，把他們畫的草圖給老師看。溫斯頓做起事來一絲不苟。那週快結束時，厄爾先生告訴他們他聽得夠多了。「開始動手吧，」他說。「如果你們需要我的話，我都會在這裡。」

自那天後，溫斯頓就開始和湯米一起走路回家。湯米的家裡只會有他們倆，因此當湯米在車庫裡做事的時候，溫斯頓就在廚房餐桌畫更多草圖。雖然他們常常好幾個小時都沒見到對方，但湯米還是很喜歡溫斯頓就在附近的感覺。

但接著，湯米的爸爸因為和白天的領班「起了爭執」而被調到第三班（從午夜到早上八點）。根據工會代表的說法，他爸得值三個月的大夜班，才能再申請調回小夜班。

對湯米來說，這代表他爸下午會待在家，可能到晚餐時間都還會在。晚餐後他會出去喝酒，喝到半夜要開始上班前。

這也代表湯米和溫斯頓不能繼續在他家執行他們的計畫了。

猜猜誰來吃點心？

一個月以前，萊恩開門後如果看到湯米和溫斯頓一起站在他家門口，他一定會覺得詭異至極。

但今天，他們的來訪只達到萊恩認知等級裡「輕度懷疑」的程度而已。

「呃，嗨兩位，」萊恩說。「進來吧。」

湯米示意溫斯頓先走，接著跟在溫斯頓身後進門。

「哈迪，謝啦，」湯米說。「我需要……需要你幫個忙。」

萊恩看見門廊的階梯下方停著一輛老舊的推車，裡頭裝滿在垃圾場會看到的廢棄物：鐵塊、石頭、磚塊、鋼筋、壞掉的家電，還有很多汽車零件。棒透了，標準的廢棄垃圾。

湯米隨著萊恩的視線望向推車，開始對萊恩解釋。他的聲音低沉的像是在低吼，又像是在清嗓子。他說因為他和溫斯頓在做一個學校的計畫（但沒說明細節），他們需要一個可以工作的場地。之前他們都在湯米家工作，因為湯米家只會有他們兩個人。但上週，湯米爸爸的班表被調到第三班，這也就意味著他們從學校回家後湯米的爸爸也會在家。

「而且，你也懂吧，」湯米說，朝溫斯頓的方向點了點頭。

萊恩懂。誰也說不準湯米的爸爸看到像溫斯頓這樣的小孩會有什麼反應，但可以想見下場一定很糟，只是不知道會糟到什麼程度。湯米的爸爸不僅為人刻薄、行事暴力、酗酒成癮，他也像懸崖唐納利的多數人一樣，把世界分成「我們」和「他們」。而溫斯頓・帕蒂爾看起來就像是「他們」那類的人。

「我家也不太適合，」溫斯頓補充。他奶奶剛從印度千里迢迢搬來和帕蒂爾一家同住，她適應新環境的方式有兩種：一是煮飯，二是耳提面命地告訴溫斯頓不論他做什麼都太危險、太混亂、太浪費時間。而湯米根本就是危險加混亂加浪費時間的具體代表，所以溫斯頓的家也不行。

「所以，」湯米說，轉向手推車。「你家有沒有什麼地方可以放這些東西？」萊恩領著他們走到車庫。奇怪的是，萊恩沒有想拒絕他們的念頭。不過他倒是很好奇為什麼湯米會來他家，萊恩推測應該是下列三個原因的總合：(1)湯米覺得萊恩欠他一個人情，因為那天放學之後湯米沒有把他揍扁；(2)湯米曾經想揍他，但最後卻放過他，所以湯米覺得他們之間有某種特殊連結；(3)其他地方都不在走路能到的範圍。

「酷。謝啦，哈迪，」湯米的語氣像是在暗示萊恩不要杵在那，趕快離開。於是萊恩離開他們，從廚房門走進屋內。他媽媽正在廚房幫迪克蘭倒果汁。

「萊恩，」他媽媽有點困惑地說。她從廚房窗戶望出去，看到兩個男孩正在車庫中央小心翼翼地組裝廢棄物。「你邀朋友來嗎？」

「算吧，」萊恩說，一屁股在餐桌旁坐下。他正在思考要怎麼和媽媽解釋，突然間，一個令人不快的念頭竄進他的腦海。湯米之所以直接假定萊恩明白他不能讓他爸見到溫斯頓的窘境，該不會是因為湯米覺得萊恩的爸爸跟布雷克斯先生很像吧？從統計學來看他們這個社區，湯米有一半的機率會賭對。萊恩自己的爸爸會對溫斯頓來他們家有意見嗎？

一年前的萊恩絕對不會有這種疑慮。

「比較高的那個是湯米・布雷克斯嗎？」他媽媽問，繼續好奇地盯著窗外，有點不解。

萊恩大致解釋現在的狀況——學校計畫、溫斯頓強勢的奶奶，還有湯米的爸爸（提到班表調動她就懂了，不需要多做說明）。

「好吧，」他媽媽說，視線轉回萊恩身上。「幫我從櫃子裡拿麵包出來，我們來做三明治。」

「媽，他們應該不想被打擾，」萊恩試著解釋。

「我不管。他們還是我們的客人。」她說，一邊從萊恩手中接過麵包，準備來做些花生果醬三明治。幾分鐘之後，她打開後門對溫斯頓和湯米喊道：「孩子們，進來吃點心囉！」

「媽……」萊恩低聲抱怨。

雖然一個是受愛的教育薰陶，另一個則是被棍子打到大，但溫斯頓和湯米都知道如果有位母親在叫你的話應該要馬上過去。溫斯頓立刻向萊恩的媽媽自我介紹，這個行徑讓萊恩被媽媽瞪了一眼，像在教訓他在賓客禮儀上表現得不夠機靈。

「還有湯米，」他媽媽親切地說。「很高興又見面了。」

萊恩納悶，如果她知道不久前湯米才差點把她的大兒子打成一團肉泥的話，她還會說這種話嗎？

「嗨，哈迪太太，」湯米低頭看著盤子。「呃，謝謝你們的三明治。」

雖然湯米在哈迪家的餐桌上隱藏起自己的反社會性格，但萊恩知道洛德瑟林中學最令人畏懼的小孩並不會因為在他們家吃了一個半花生果醬三明治外加兩杯牛奶後，就變成一個溫暖無害的人。雖然萊恩也不像幾個月前那麼害怕他了，但湯米可不是「鬼靈精」，他不會因為有了溫斯頓這個朋友就突然變成大善人。

對迪克蘭多說這些也沒用。不知道為什麼，迪克蘭對湯米特別有好感。一開始他只是坐在嬰兒椅裡吸著杯子裡的蘋果汁，一邊盯著湯米看。接著他跳下椅子，跌跌撞撞地朝湯米走過去，拍打湯米的大腿，手臂在空中揮舞著。

「哈迪，」湯米問萊恩。「他在幹嘛？」

「他想要你抱他，」萊恩說。

「為什麼？」

「他喜歡你。」

湯米皺眉盯著迪克蘭，又轉向萊恩。「為什麼？」

萊恩聳聳肩。湯米又將視線轉向迪克蘭。迪克蘭不放棄，又開始繼續拍著湯米的大腿。

「不要。」湯米直截了當地說。

提早回家

湯米是第一個看到車子的人。

那天是星期一，時間是下午五點左右。距離湯米和溫斯頓把萊恩家的車庫改裝成他們的祕密藝術工作室後，已經過了大概兩週。

湯米、溫斯頓、萊恩、恩尼和麗琪一起在起居室看電視。

「哈迪，」湯米說。「你爸回來了。」

這一陣子萊恩的爸爸和威爾梅特先生幾乎二十四小時都馬不停蹄地在處理要給銀行的企劃書，已經近兩個月沒有在七點半前就下班回家。因為萊恩已經很習慣朋友們來家裡時爸爸不在，他完全忘了先前還在擔心爸爸看到溫斯頓會有什麼反應。湯米漠然的語氣馬上讓萊恩回想起他的擔憂。

萊恩的爸爸從前門走進屋，看到他的起居室被小孩占據，而且這群小孩有一半他不認識。

「嗨，爸，」萊恩小心翼翼地說。迪克蘭則跳下沙發，用他小小的身軀環抱住爸爸的褲腳。

萊恩的爸爸把腳從迪克蘭手中掙脫，麗琪和恩尼向他揮手打招呼。他爸認出他們，表情稍微放鬆了一點。這時，溫斯頓從他的座位站起身，伸出一隻手，開始自我介紹，就像他當時對萊恩的媽媽自我介紹一樣。

「哈迪先生，你好，」他說。「我是溫斯頓，溫斯頓・帕蒂爾。」

溫斯頓的手懸在半空中，萊恩覺得渾身一冷，但不是因為害怕。或者說，至少這份恐懼不像他以前面對湯米時的恐懼，也不像湯米面對他爸爸的那種恐懼。讓萊恩感到害怕的是，他可能再也喚不回原本的爸爸了。

或許道格・哈迪感覺出他的憂慮。或許他讀懂了兒子的眼神、看出他的心事。或許他意識到，原來他過去這幾個月來的滿腔怒火，使萊恩刻意迴避著他。當道格・哈迪看著那些電視節目裡的小人時，他也讓他們進了家門，影響了他的思想。他讓他們嚇唬他、激怒他，也改變他，讓他變得不再像自己。

也或許，道格・哈迪只是回想起自己真正的模樣。

「哈囉，溫斯頓，」他說，一邊緊緊握住男孩的手。「很高興認識你，我叫道格・哈迪，我是萊恩的爸爸。」

哈迪環視了一下房間。「你媽在哪？」他問。

萊恩說：「跟威爾梅特太太在廚房裡。」

「好吧，那麼，」哈迪先生說。「有人想吃披薩嗎？」

披薩送來時麗琪的媽媽剛好下班了，她也過來加入他們。晚上大家玩得很開心，這是萊恩印象中最棒的夜晚之一。因為這晚，他的爸爸又變回原本的他了。萊恩已經想不起來上一次看到爸爸這樣開玩笑、開懷大笑，嘴角還時不時帶著笑意是什麼時候了。萊恩的爸爸一度還讓湯米笑出聲來。湯米的笑聲低沉地像個成年男人一樣，每個人——甚至連湯米自己——都很驚訝。湯米訝異於自己竟然也能這樣子笑，他又再度笑了起來。

這個夜晚可謂十分完美，且獨樹一格。但這晚之後，一切便開始分崩離析。

17 迷妹

「同學們，今天我們有個特別來賓。」厄爾先生從門口看出去，望向走廊。「她叫安德莉亞・雀絲，她是電視臺的記者。」

安德莉亞跨著大步、充滿自信地走進教室，她先自我介紹了一番，接著也談了一點自己的工作內容。她告訴班上同學她去過的地方和她報導過的故事，而現在，她正在做一則關於霍利奧克紅寶石的報導，因而來到鎮上想找一個新的敘事觀點。

「對了，我注意到在一些訪談中，浩特先生提到他小時候曾經去過一個當地的許願井——桑普金井？」安德莉亞・雀絲試探地問。「你們有人去桑普金井許過願嗎？」

她還不如和班上玩老師說的遊戲，直接請大家同時舉手大聲說話算了。

麗琪低下頭，讓自己的身體陷入椅子中，因為只有這樣她才能阻止自己舉起手。雖然麗琪知道她不該這麼做，但其實她很想將一切都對這女人全盤托出。安德莉亞漂亮、聰明，又很成功。她的能力很強又充滿自信，麗琪很想引起她的注意，讓她喜歡自己。

安德莉亞．雀絲是個贏家，麗琪確信全世界沒有任何男人能讓她傷心哭泣。即使如此，麗琪幾乎可以感覺到萊恩正死盯著她的後腦勺，心電感應般地叫她絕對不能透露任何關於井和閣樓的事情，尤其是他們發現襪子猴的那段。

麗琪緊緊閉上嘴，並在厄爾先生宣布下課，讓他們去吃午飯時，第一個衝出門口。

但就在那天放學的時候，厄爾先生在走廊上叫住她。

「麗琪，原來妳在這裡。妳有空嗎？」

他領著麗琪到他的教室，安德莉亞．雀絲正倚著桌沿。

麗琪走進教室時，這名記者站直身體、伸出她的手。

「嗨，麗琪，」她親切地說。「我先前沒有機會和妳單獨見面。我是安德莉亞。」

「嗨。」麗琪緊張地說。

「我想我們可以稍微聊一下，就我們兩個？」安德莉亞說。「馬可斯說妳是他最聰明的學生之一。」

「有史以來最聰明的。」厄爾先生補充。

「有史以來，哇！」安德莉亞佩服地說。

麗琪臉紅了。「所以，呃，妳是怎麼認識厄爾先生的？」她問。

厄爾先生和安德莉亞互看一眼後笑了出來。

「馬上就來一個犀利問題。馬可斯，我想我們這裡有個未來的記者呢。」安德莉亞說。「麗琪，事實上，馬可斯和我念同一所大學。我們甚至還約過幾次會。」她用一種戲謔的語氣說道，彷彿這是則糗事。

「妳和厄爾先生是男女朋友？」麗琪笑了。

「我想，」厄爾先生說，現在換他臉紅了。「我還是去泡杯咖啡，讓妳們單獨聊聊好了。」

他離開之後，麗琪問：「你們在一起多……」

「差不多一年，」安德莉亞說，她露出一個高深莫測的笑容。「他很貼心，」她說。她的語氣聽起來很親暱，但也帶著一絲輕蔑。「總之，麗琪，我想跟妳談談是因為，在一個報導中找到平衡點對記者來說很重要，妳懂我的意思嗎？」

「大概懂吧，」麗琪回答。「妳希望妳的報導是全面的，不單只是從某一個角度來看。」

「沒錯，」安德莉亞說。「但今天，班上所有同學都全心全意相信桑普金井的事。相信對它許願，願望就會成真。我也必須承認，那個有閱讀障礙的弟弟，還有玩具色卡的故事真的很神奇。但我注意到妳……妳對整件事似乎沒有那麼熱衷。也許妳對此是抱持懷疑的態度？」

麗琪聳聳肩，她感覺得出來這些問題似乎要誘導她往某個方向，但不太確定要往哪。「我不太相信童話故事。」她回答。

「聰明的女孩，」安德莉亞說。「幸福快樂的結局要靠自己創造，妳說對吧？」

麗琪微笑，她感覺終於有人和她用同樣的角度看事情，終於有人能理解她。

「發現霍利奧克紅寶石的那兩個男人，」安德莉亞繼續說：「浩特先生和杜南警探，妳認識他們嗎？」

雖然她好像只是不經意地問起，但麗琪知道這問題很重要。

「不認識，」麗琪說，將目光移開。「從來沒見過他們。」

「好吧，那妳有聽過任何和他們有關的消息嗎？任何事都可以，像是小鎮八卦之類的？」安德莉亞露出微笑，就像是在說這是我們女生之間的小祕密。那微笑差點就讓麗琪當下把所有事情全供出來。

「抱歉，沒聽過。」麗琪管住自己的嘴。

安德莉亞沒繼續追問下去，她開始問麗琪未來想不想當記者，她願意盡她所能地幫助她。然後厄爾先生就回來了。

「我安全了嗎？」他開著玩笑。

「噢，應該吧！」安德莉亞・雀絲回答，對麗琪眨眨眼。

造成困擾

「你在這裡做什麼？」恩尼的媽媽在門口問恩尼。當恩尼正要走進家門時，他媽媽剛好要出門。

恩尼本來想提醒媽媽這棟房子也是他家，但她看起來憂心忡忡的，沒心情和他開玩笑。

「萊恩今天要幫哈默利太太除草，」他這樣回覆媽媽。「所以我想我還是回家好了。」

威爾梅特太太微微皺著眉。當孩子們提出的理由完全正當，但卻造成家長們困擾的時候，家長常會露出這種表情。

「好吧，」她說。「我得去艾迪爺爺家一趟。」

「為什麼？」

「我要和房仲見面，」她回答。「我們要把艾迪爺爺的房子賣掉。」

有很多個念頭同時閃過恩尼的腦海，這些念頭都是關於他有多不希望艾迪爺爺的家被賣掉，還有他爸媽沒有把這件事情告訴他，讓他感覺有多孤單。而且他爸媽還有很多重要的事沒告訴他，這件事只是一長串清單中最新的一則。

但還有一個念頭閃過他腦海……

有房仲就代表院子會放「待售中」的牌子。代表會有看房時間，代表著別人可以自由進出房子的任何角落。

包含閣樓。

「我可以一起去嗎？」恩尼很快地問。

眼花、心靜、亞倫快得到答案了

亞倫覺得頭昏眼花。長時間盯著電腦螢幕看時，抬頭看看遠方可以幫助眼睛放鬆。

不過亞倫老是忘了這麼做。

自從傑米公然嘲笑亞倫和他在林中錄到的影像後，已經過了好幾個星期了。自那時起亞倫就開始全力和這段影像奮戰。他將一段五秒的片段獨立出來，這個片段拍到那個神祕身影從樹林裡跑出來、經過攝影機的畫面。

亞倫仔細檢視這段畫面，一個像素一個像素去看，同時將畫面銳化和降噪，這樣他才看得清楚跑出樹林的是什麼東西。

或許對大部分的人來說，這個繁瑣、重複性高的工作會讓人很抓狂，但亞倫做起來卻感到心情平和，甚至覺得很療癒。

事實上，自從亞倫開始埋首處理影像之後，他的心情就一直很平靜。他坐著時雙腳不再不停抖動，就連在學校時——那個常常讓他覺得很煩燥、很無聊的地方——也不會，他的下顎和手臂也不再那麼緊繃。

而且更棒的是，他就快得到答案了。

清空閣樓

萊恩剛處理完哈默利太太的前院，正要去整理後院時，他就看到恩尼從對街走來。他手裡拿著購物袋，走過來時還東張西望，一副鬼鬼祟祟的樣子。

「恩尼，你拿的是什麼東西？」萊恩問道，一面把剛除下的雜草倒進垃圾袋。

「我爸媽要把艾迪爺爺的房子賣掉，」恩尼心急地說。「我媽現在正在跟房仲講話。」

「我知道。」萊恩說。

「你知道？」恩尼難以置信地問。

「知道啊，我這週末要整理對面的草坪，要做全套的工作：除草、修剪樹籬，還要翻花床的土。」萊恩看到恩尼的臉垮下來。「老兄，抱歉，我以為你知道。」

恩尼努力不再去想這件事。「總之，我不知道我什麼時候還有機會回去閣樓，所以我把蘿蔔的最後兩個禮物都拿來了。」

恩尼把手探進購物袋裡，他拿出來的第一件東西是條百衲被。百衲被由綠色和藍色的拼布縫製而成，以一個厚厚的塑膠套包著。第二件東西是個很老舊的玩具——是一把雷射槍，還收在原本的包裝盒裡。

「這些東西可以放在你那裡嗎？」恩尼問。

「沒問題，」萊恩說。他將裝著雜草的垃圾袋綁緊。「把袋子放在車庫，我弄完後把它帶回家。」

「謝謝你，萊恩，」恩尼哀傷地看著對街爺爺的家。「待售中」的牌子已經立在前院了。

萊恩順著他朋友的視線望去。「這件事遲早會發生的。」

「我想是吧。」恩尼說。

意外的縱火犯

那不是大腳怪。

亞倫一會兒前就這麼猜測，但現在真相大白後，他卻發現自己沒有想像中的那麼沮喪。在他花了無數小時處理影像之後，畫面終於變得清晰一點。看來它也只能清晰到這個程度了。

那個神祕身影不是大腳怪，而是個穿著棕色外套的男人。亞倫覺得那件棕色外套實在是很難看。

亞倫盯著螢幕看了好一陣子才終於明白事情的來龍去脈。只能怪自己太蠢，花了好幾個小時還沒有把事情拼湊在一起。

處理影像最難的部分在於他得一個像素一個像素地移除煙霧，才能看到煙霧底下的身影。於是他花了很多時間移除煙霧，卻完全忽略了旁邊的火勢。

他一直以為自己看到了大腳怪，但現在他知道他看到的是一個男人。一個正從濃煙中逃出來的男人。

他在逃離火場。

他在逃離他自己製造的火場。

說再見

萊恩很驚訝在除草的時候哈默利太太都沒有出來看他。一開始他從車庫推出割草機時，她還從廚房窗戶和他招手。之後，萊恩就沒有再看到她。

等到萊恩的工作都做完，要把割草機推回去的時候，哈默利太太還是沒出來。

萊恩心想她可能是睡著了，打算簡單清理完就回家。但又想到如果他連再見也沒說，哈默利太太可能會很難過。或更糟糕，萊恩可能會打破她的日常慣例，把她搞迷糊。畢竟萊恩已經把除草的時間從週末調到週二，才能趕在下週房仲帶客人看房之前處理好威爾梅特家的草坪。

萊恩走到後門敲了敲門，但沒人來應門，於是他從廚房窗戶望進去。他順著走廊，看向客廳，從電視中的倒影看見哈默利太太在椅子上睡著的身影。

她身體陷進椅子裡的樣子看起來不太對勁。

後門鎖住了，但萊恩知道哈默利太太在車庫的空花盆裡藏了一把備用鑰匙。萊恩開了門鎖，慢慢轉動門把，踏進屋裡。雖然他進這棟屋子不下百次了，他還是覺得有點不安。

坐在客廳裡的哈默利太太沒有絲毫動靜，無聲無息。萊恩想看她有沒有呼吸。她的胸口沒有起伏。她的身子歪倒在抱枕上，手臂貼著身體兩側，手腕交叉放在大腿上。她的嘴巴微微張開，但她沒有在呼吸。

她看起來很冷。

萊恩的腦袋開始嗡嗡作響——他得打電話給他媽媽，他得叫救護車——但首先，他得幫她保暖才行。

他快速穿過廚房，走出後門到車庫去。他拿出購物袋裡的百衲被，一把扯掉外層的塑膠套，無視一旁掉落在地的玩具雷射槍。

萊恩把百衲被拿進屋裡，小心翼翼地把它蓋在哈默利太太身上。他知道他這麼做無關緊要，她已經死了，早已感覺不到溫暖或寒冷，她什麼都感覺不到了。但這對萊恩來說很重要，此時此刻，這件事比什麼都還重要。他又在哈默利太太身旁待了一會兒，接著才走進廚房拿起電話。

萊恩打給他媽媽之後，他媽媽又打電話給麗琪的媽媽，兩位母親匆匆趕來。救護人員也到了現場，正式宣告哈默利太太死亡。他們和兩位母親交談了一下，接著哈迪太太走向萊恩。

「萊恩，親愛的，」她輕聲說。「哈默利太太身上的那件百衲被，是你發現她之後幫她蓋上的嗎？」

萊恩點點頭。「有什麼不對嗎？」

「沒有，沒什麼不對，」他媽媽說。「你還好嗎？」

萊恩不太確定地點點頭，撇開視線。他媽媽的手輕撫著萊恩的後背。

「看到她這樣，你一定嚇壞了，」她說。「很多小孩──很多人──看到別人這樣都會很害怕。」

「不是這個，」萊恩說。「只是……」他不想再繼續說下去，但話語似乎無論如何都會脫口而出。「她是自己一個人，媽。她死的時候是孤單一人。」

接著萊恩泣不成聲，整個身體因悲傷和挫折顫抖不已。很長一段時間，他的媽媽什麼話都沒說，只是在萊恩痛哭的時候緊緊抱住他。當萊恩漸漸平靜下來後，她輕輕放開她兒子，所以她才能看著他的臉。

「萊恩，」她溫柔地說。「我覺得你錯了，哈默利太太不是自己一個人。她有你啊，你一直在她身旁。」

萊恩用袖子擦了擦眼淚。「但我在屋外。」

「也許你沒有在房間裡陪她，但哈默利太太知道你在她身邊。當她坐在椅子上，當她閉上眼睛、離開這個世界的時候，你覺得她最後聽到的聲音是什麼？」

那臺廢物割草機，萊恩心想，不禁微笑起來。

「沒錯，」他媽媽說。「那聲音是你正照顧著她的證明。她去世的時候並不孤單，萊恩，你一直陪著她。」

亞倫・羅賓尼特和那件醜陋棕色外套的案子

阿特・達爾警探重重地嘆了一口氣。他原以為今天的麻煩事全都結束了，然而，他兒子傑米和那個過動兒羅賓尼特就這麼衝了進來。

兩個男孩都很激動，同時嘰嘰喳喳地講不停。阿特叫自己的兒子住嘴，讓亞倫先說。在亞倫絮絮叨叨講了一陣關於大腳怪的事後，他終於講到重點。

「達爾先生，總之，在跑了影像強化軟體之後，我想我找到了一些你可能會想看的東西。」

亞倫向傑米點點頭，傑米便把DVD放進光碟機裡。

「這是靠近北區公園的樹林，」傑米說。「是在失火的那一天。」

阿特看著影片。他先是看到濃煙，接著看到一個身影出現在畫面中。

那人穿的棕色連帽外套真是醜爆了。

「不管這個人是誰，」亞倫說：「他是從失火的地方跑過來的。我猜他應該就是放火的人，不然他也會知道是誰放的火。」

「這都是你拍攝的？」阿特問亞倫。

「嗯，說拍攝的話不完全正確，因為影像沒有……我的意思是，是的，警探。」

「你還自己跑軟體來銳化影像?這些都是你用的?」

「嗯,我得弄清楚那到底是不是大腳怪。」亞倫說道,彷彿這個解釋再理所當然不過。

「爸,這是條線索吧?」傑米滿心期待地問。

「噢,這不只是線索。」阿特答。

這人是他的姪子巴迪,那個白痴。

哈蘭・布雷克斯

湯米・布雷克斯覺得很快樂,但他對於每天都有這種快樂心境還是不太習慣。這就是為什麼儘管今天他和溫斯頓提早收工,他也沒有太失望的原因。這週末,溫斯頓的家人為他奶奶辦了一場盛大的派對,他們有些親戚還特地從芝加哥飛來。

當湯米回到家,他馬上就意識到他居然完全沒想到這時候他爸還會在家。他從廚房後門進屋,才正要走回房間,就聽到他爸狂飆了好幾句髒話。湯米原本想在他爸看到他之前偷偷穿過走廊溜進房間,但他卻發現他爸已經在他房間裡面了。

「東西在哪？」他爸怒吼，用力踹著湯米的彈簧床墊。

湯米嚇到僵在走廊上。他爸衝出房門。哈蘭・布雷克斯並沒有特別高大，但懸崖唐納利很多比他高大的男人都對他退避三舍。多年在工廠生產線的工作讓他的手臂變得很強健、結實，手掌也很厚、很粗糙，輕而易舉就能把電話簿撕成兩半。如果說他有像老虎鉗一般的臂力，就是把這個比喻弄反了。正確來說，應該是老虎鉗有像哈蘭・布雷克斯一樣的臂力。

湯米向後退，但他爸伸手抓住他的手臂，用力擰著他的手，把他拉過來。

「東西在你那吧？」他冷笑。

湯米試圖把他的手甩開。「你在說什麼？」

他爸爸的臉變得陰沉。「山姆的工具。它們在哪裡？」

「不在我這，」湯米回答，目光飄過被翻得亂七八糟的房間。「山姆可能在離開前把工具給他朋友了。」

「少騙我，」哈蘭輕聲說，放開湯米的手臂。他解開皮帶，把它對折。「你知不知道那些工具值多少錢？」

「工具不在我這裡！」湯姆堅稱，同時慢慢後退。

哈蘭朝湯米的方向靠近，用皮帶抽了一下牆壁，他的手指著湯米。「你這個小偷，偷走我的東西，偷我們大家的東西！」

湯米跑過走廊。

他才剛踏出前門，哈蘭就追上他，把他推下門廊的臺階。湯米硬生生重摔到勉強稱得上是前院的冷硬土堆上。哈蘭跳下門廊，站在湯米身旁，像死神舞動鐮刀般來來回回地抽著皮帶。湯米用前臂擋住了頭幾下揮打，但最後他還是得用手保護臉，因此皮帶一鞭接著一鞭落在他的背上。

接著揮打突然停止。湯米緊緊閉著雙眼，他的身體仍蜷成球狀，他聽到爸爸在他頭頂喘氣的聲音。他往上瞥了一眼，希望哈蘭打夠了之後就會走開。

但他的爸爸還站在原地。他一臉憤怒，慢慢地將手中的皮帶轉另一個方向。

他馬上又要開打了，湯米心想。只是這次他是要用……

「哈蘭！」湯米的媽媽尖叫。「你瘋了嗎？居然在前院？」

「誰叫他要跑。」哈蘭氣急敗壞地說。

「他當然要跑，你這個醉鬼，」她說。「把你的皮帶繫好。」

哈蘭挺直身子。「妳再這樣命令我試看看。」他咆哮。

湯米的媽媽不為所動。她是個矮小的女人，但她也是個令人望之生畏的狠角色。她從來不會遺漏任何事，什麼人都不輕易饒恕。她可以一直按兵不動，直到……嗯，人終究還是要睡覺的嘛。甚至連哈蘭・布雷克斯這個醉鬼都知道最好別惹她。

哈蘭問：「妳回家幹嘛？」

「回來洗個澡，吃點東西，再回去值第二班。」

在一陣咒罵和威脅之後，哈蘭・布雷克斯開著他的車憤而離去。

「你要吃什麼嗎？」湯米的媽媽低頭看著他問。

湯米還在喘氣，他搖搖頭。

「我去熱一些肉醬三明治。」她說。

「好。」

他媽媽走上門廊的臺階，接著她又轉過身來。「湯米，」她說，她的語氣並沒有惡意。「山姆不會回來了，你爸也不會離開。」

「你老師的前女友沒告訴你的事」

麗琪揉揉眼睛。她已經盯著她媽媽的電腦一整個下午，讀著所有有關安德莉亞・雀絲的事情。

從那些新聞看來，事情不太妙。

安德莉亞是個調查記者，她的專長是藉著觀眾懷疑和恐懼的心理來做抨擊類的報導。麗琪看了幾則，其中一則的標題是「你的兒科醫生沒告訴你的那些事」，另一則是「你以為地區圖書館值得信任嗎？」

她的報導就是所謂的「黃色新聞」。這類型的新聞重點並不在於報導真相，而是利用觀眾的情緒（通常是恐懼和憤怒）來吸引眼球。只要能吸引觀眾繼續看下去，誇大事實、扭曲真相、曲解情境都在所不惜。

現在安德莉亞・雀絲將目標鎖定了懸崖唐納利。

麗琪不敢相信自己居然差一點就信了安德莉亞。更糟的是，麗琪原本還想變得和她一樣。

最糟糕的是，明天麗琪還得把這個親切的鄰家記者的真面目告訴萊恩和恩尼。

18 家庭義務

「就只是幾天，」溫斯頓說。「就到這個週末而已。」

「嗯，」湯米回答。「你已經說過了。」

溫斯頓原本希望他奶奶的生日派對不會完全打亂他的日常生活。不過因為他是三個小孩中最年長的，所以自從他的親戚從芝加哥飛抵的那一刻起，他爸媽就希望他除了在學校上課的時光，其他時候他都要在家看好弟弟妹妹，時時刻刻扮演好主人的角色。

現在湯米又變這個樣子了。他有一些真的很陰沉的情緒，只要有心事的時候他就會變得很冷漠、很有距離感。而且，他今天一整天都是這樣的狀態。湯米心情低落時最好別去問他好不好，但現在溫斯頓卻很想問他。溫斯頓有一種強烈的預感，覺得這次湯米的狀態是真的很糟。

「你家的車來了，」湯米冷漠地說，朝那輛剛在學校前面停下的藍色休旅車點點頭。溫斯頓的奶奶正從車內朝溫斯頓揮著手。她是個矮小的婦人，從副駕駛座的窗戶幾乎看不到她的身影。溫斯頓的媽媽則對他按了兩下喇叭。

「嗯，好吧，」溫斯頓說。「那麼我……」

「嗯。」湯米回應。

溫斯頓踏進車內的時候，他回頭偷偷看了一眼獨自站在學校前面的湯米。

「還好嗎，溫斯頓？」他奶奶問道，一邊順著溫斯頓的視線看過去。「你的那位朋友，他要我們載他嗎？」

「不了，奶奶，」溫斯頓說。「他不要我們載。」

警察上門

巴迪一隻腳才剛踏出高中校園，他就在正前方的迴轉處看見他叔叔的藍色轎車和其他車輛並排停著。

「進來。」阿特叔叔喊道，巴迪坐了進去。

在車裡，巴迪的叔叔說他知道巴迪和他的混混朋友就是上個月在樹林裡縱火的人，而且他最好別想抵賴。

巴迪想抵賴。

阿特叔叔在消防局前方停下車。「再否認我就把你關起來一晚。」他說，一邊走出車外。

阿特叔叔把巴迪帶到消防局長的辦公室。他們兩個顯然已經談過話了，因為消防局長一關上門，他們就馬上叫巴迪坐下來，並播放巴迪從失火現場逃走的影片給他看。那件棕色的連帽外套洩漏了他的身分。

巴迪承認是他放的火。他解釋了來龍去脈，但就是不願意洩漏跟他在一起的有哪些人。阿特叔叔和消防局長似乎相信他的說法——這是一個白痴才會造成的意外，剛好與他叔叔對他的看法一致。阿特叔叔和消防局長討論了一番，決定把他交給一個叫做茱莉亞的人。

巴迪不知道茱莉亞是誰，但從那兩個男人竊笑的模樣看來，巴迪不像能逃過一劫的樣子。

在地訪問

安德莉亞・雀絲和她的攝影師札克已經在北區公園做了一整個下午的採訪。桑普金井已經變成當地的觀光景點，安德莉亞很輕易就能找到願意接受訪問的人。

安德莉亞很討厭她工作的這個部分——做這種在地訪問，不過這也是新聞的主要賣點。要訪問這群人很容易，他們友善又健談，過不了多久，安德莉亞和札克已經錄到足足半打內容紮實的訪談。如果她打了對的牌，她就能一箭雙鵰，在拆穿霍利奧克紅寶石故事的同時，順便粉碎桑普金井的童話。

打從一開始她就懷疑霍利奧克紅寶石這個故事的真實性，他們發現寶石的過程也太假了。那個故事太感人、太溫馨、太充滿希望，不可能是真的。

而那個有關許願井的荒謬故事，讓她更加確定自己的想法正確。竊賊的兒子說他小時候曾丟一枚硬幣到小鎮許願井裡，希望能知道他爸爸發生了什麼事。他就是在這裡露出馬腳。

就是那時，她知道有內幕可以挖。

雖然大家都很愛那種讓人感覺良好的故事，但人們更愛抨擊讓人感覺良好的故事。或許觀眾會被溫馨感人的故事吸引，但他們對揭穿謊言也同樣的飢渴。

安德莉亞的整個事業就是建立在這種心態之上。

後來她查出她的前男友現在就在那個小鎮當老師——這代表她可以從他身上得到內線消息——這簡直就像是天注定，她無法奢求更好的機會了。

安德莉亞剛到懸崖唐納利的時候就訪問了傑克・浩特和杜南警探。浩特講話有一點閃爍其詞，但故事大致還算前後一致。杜南佯裝成頭腦錯亂的怪老頭，一會兒抓頭，一會兒撥弄著助聽器，還一直不小心把安德莉亞叫成艾美，要她重複她的問題。

他演得很好，但安德莉亞並沒有信以為真。杜南警探的狀態看起來太好了。如果這個老人真的像他所表現的那麼痴呆的話，他的褲子應該會皺巴巴的，襯衫上也應該會有汙漬。

他有所掩飾。

讓她把所有故事串起來的，是馬可斯班上的那個女孩。安德莉亞看得出來，雖然麗琪的表現有點笨拙，但其實她很聰明。

麗琪坐在教室前方。從安德莉亞一進門的那一刻起，麗琪的大眼睛就緊盯著她不放。一開始那個女孩很興奮，仔細聆聽著安德莉亞說的每一個字。但當安德莉亞引導其他小孩到桑普金井的話題之後，女孩的肢體動作就完全改變了。她彷彿封閉起自己，身體也陷入椅子、垂下頭，好像很害怕一樣。

安德莉亞接著注意到另外兩個小孩——兩個男生——他們分別坐在教室的兩端。一個矮小的男孩看起來很興奮，不停看向麗琪以及另一個比較高大的男孩，而那個高大的男孩就只是直視前方。安德莉亞有個預感，覺得這三個小孩彼此有關聯。但那個女孩——麗琪——才是關鍵。

所以安德莉亞請馬可斯在放學後帶麗琪到他的教室。那女孩差點就說了實話。不過，安德莉亞可以確定麗琪說她不認識浩特和杜南是在說謊。

見了麗琪之後，安德莉亞又回到樹蔭巷。這一切簡直輕而易舉。老人本來就很愛閒聊，而且若有小孩出現在養老院也會特別顯眼。才過不到二十分鐘，安德莉亞就確定在杜南和浩特發現霍利奧克紅寶石的同一天，確實有兩個男孩和一個女孩曾來拜訪杜南警探。更令人興奮的是，有幾個養老院的住民還記得有看到一隻襪子猴。一位老太太甚至還借拆線刀給杜南警探，他才能順利打開填充動物，拿出裡面的寶石。

當然，這一切可能都有合理的解釋。但安德莉亞知道，如果她只報出合理的事情經過，什麼蹊蹺也沒有的話，那也太無聊了，別人付她薪水不是要她報導無聊的故事。

夜晚降臨，人潮漸漸散去，安德莉亞和札克開始打包準備收工。接著一個身材瘦小、舉止低調的男孩走進公園，直直朝井走去。

安德莉亞認出他是馬可斯班上的孩子。因為他和麗琪與其他兩個男孩一樣，完全沒加入班上的討論，所以她對他特別有印象。一開始安德莉亞以為他和他們三個是同夥的，但在討論期間，這個男孩只是盯著窗外看，眼神孤獨又遙遠。他沒有在躲避討論，他是完全忽視討論。

那個男孩安靜地站在井邊一會兒。札克才剛把攝影機放進休旅車的後車廂，安德莉亞便用手肘推著札克，並指了指那個男孩，用唇語無聲地說：「快拍！」接著他們待在原地拍那個站在井邊的男孩，休旅車半遮掩他們的身影。

過了半分鐘，那個男孩就只是站在井邊，沒有發出聲音也沒有任何動作。然後他靜靜地說：「去年我哥哥在阿富汗戰死了。」又過了好一陣子他沒說任何話。他再度開口時，聲音都快要聽不見了：「我……我只是希望我的家可以回到以前的樣子，拜託。」

「快告訴我你拍到了，」男孩一走出聽力所及的範圍，安德莉亞馬上問道。

「我拍到了。」札克說，一邊重播影像確認。

「聲音呢，告訴我……」

「也收到音了，」札克說。「全都拍下來了。」

她簡直不敢相信自己的好運。她現在就能想像，在進廣告前她會播放這個悲傷的小男孩在井邊許願，希望死去的軍人哥哥能回到身邊的畫面。廣告結束之後，她再左右開弓、重揮兩拳，揭穿懸崖唐納利不只有一個，而是兩個大騙局，這個小鎮充滿希望的氛圍都只是謊言。觀眾一定會怒不可遏、義憤填膺，他們會相信她的說法。

沒錯，她大做文章的時候到了。

湯米的藏身處

洛德瑟林中學的校園一端有間很大的儲藏室，儲藏室空間大概能停兩部車。工友楚門在那裡放了乘坐式割草機、手持式割草機、樹籬修剪刀，以及其他各式各樣維護校園會用到的工具。要進出儲藏室，只能從那扇總是上鎖的厚重金屬雙扇門通過。但其中一扇門的鉸鏈鬆了，所以大部分的時候門閂都無法扣上。

湯米・布雷克斯之所以會知道，是因為他曾在學期初探勘過儲藏室，想把山姆的工具藏在這裡。雖然湯米最後決定把工具藏在別的地方，但現在他爸都會在家，溫斯頓的眾多親戚也剛好來訪，在這個情況下，他有其他東西需要暫時藏在這裡……就是他自己。

所以在溫斯頓和他奶奶開車離去之後，湯米就在學校後面的步道待了大概一個小時。等工友楚門的工作一結束，湯米就從樹林走出來，溜進儲藏室。

等待天黑。

揭露真相

「這真的很不妙，」萊恩靜靜地說。

他們在哈迪家的起居室。麗琪剛把安德莉亞・雀絲以前的電視採訪給兩個男生看，也告訴他們她和安德莉亞的課後會面，還有記者問她認不認識浩特先生和杜南警探的事情。

「我可是什麼也沒說，」麗琪堅稱。

「這不重要，」萊恩說。「這女人可是連公共圖書館都會當成目標攻擊。她在得到她想要的答案之前是不會停下來的。」

他們沉默下來，過了好一陣子都沒開口說話。

「呃，或許……」恩尼心虛地說。

「或許什麼？」萊恩惱火地問。光是恩尼的聲音和他語氣裡的驚嘆口吻就觸發了萊恩頭腦裡的某個開關。「什麼啊，恩尼？是怎樣?!」

「萊恩，放輕鬆，」麗琪說。

但萊恩受夠了放輕鬆。就是放輕鬆讓他們陷入這個麻煩，而且事到如今他們已經難以回頭。

「面對現實吧，」萊恩對麗琪說。「我們麻煩大了，她遲早會把我們和寶石連在一起，也會連結到浩特先生和杜南警探那裡。一旦她發現這個祕密，她就可以任意操縱這個故事。或許接下來她還會發現洞穴，或發現寶石其實在艾迪・威爾梅特的閣樓放了六十年。不管怎樣，她遲早會追到我們頭上——三個小孩，躲在井裡偷聽別人的願望。接下來，管它是魔法還奇蹟還是運氣，一切就成了謊言，一場世紀大騙局。」

「但那不是騙局啊！」恩尼插嘴。「你也知道的。」

「那也不重要了，」萊恩說。「重要的是全鎮的人會怎麼想。」

「他們會以為我們騙了他們。」麗琪說。

「沒錯。」

「但那不是事實啊，」恩尼說。「或至少，事情不用變成那樣。」

萊恩已經受夠了，他現在不想從恩尼口中聽到任何話。「閉嘴，」他狠狠地瞪著恩尼。「大人在講話。」

恩尼退縮了。萊恩知道他這麼說很殘忍，但話說出口讓他自己好過了一點。

「萊恩，別說了，」麗琪說。

他沒有停下來。「才不要，我受夠照顧這個小嬰兒了，我已經有一個很煩人的嬰兒弟弟，不用再來一個。」接著，奇怪的是，萊恩聽見自己輕聲笑著。「如果，」他靜靜地說。

「什麼？」麗琪說。

「如果，」他更大聲地說。「這只是俄亥俄州『如果』鎮的日常，對吧？如果我沒有把恩尼介紹給哈默利太太就好了；如果我們從來沒進到桑普金井的井底就好了；或者，更好的是，」他說到這裡望向恩尼，「如果我兩個月前讓湯姆・布雷克斯揍扁他就好了……」

「萊恩！」

「或許這樣我們就不會被捲入這個麻煩！」

恩尼衝出房門，麗琪緊跟在後。但在麗琪動身去追他之前，她給了萊恩一個讓他永生難忘的眼神。那是一個冰冷的凝視，參雜著受傷與失望。只有在一個人真的讓你非常、非常失望的時候，你才會露出這樣的眼神。

19 懊悔與決心

萊恩整晚都躺在床上思考著。

他之前從來沒有對自己感到如此羞恥過。當然，他也常把事情搞砸，但直到今天之前，他從來沒做過任何會讓他看不起自己的事情。

他對恩尼說的那些話，不論是對誰說都很過分。但如果對象是恩尼的話，就像是用腳踹了一隻小狗一樣。

恩尼是他的朋友，或更準確地來說，曾經是他的朋友。如果恩尼再也不願意跟他講話，萊恩也不怪他。

讓萊恩最羞愧的是他讓恐懼感占了上風。他很害怕。他害怕被發現，也害怕大家如果發現他在井裡的話他們會說什麼。萊恩讓自己被恐懼淹沒，他坐視恐懼感把自己變成他一點也不喜歡的樣子。

但事情已經發生了，耿耿於懷也沒有用。現在他能做的就是兩件事：保證自己再也不被恐懼控制，以及想出保護他朋友的方法，就算他們再也不想跟他做朋友也一樣。如果不這麼做，所有的願望都會被抹滅。過去這幾個月來發生過的好事就會有如被拆散的線圈般分崩離析。這個小鎮會變得比之前還淒慘。

萊恩意識到這個後果比他被發現還要糟糕。

一開始他覺得只要掩蓋好他們的蹤跡，確保不會有人從井或蘿蔔的禮物追溯到他們身上就好。但他馬上意識到，這個解決方案只做了半套。

唯一能阻止安德莉亞・雀絲隨意操控、曲解這個故事的方法，就是自己操控這個故事。而要操控一個故事最簡單的方法，就是讓人們有個可以責怪的對象。

萊恩從他爸爸老是在看的電視節目中學會這點。

這麼一想的話，他能做的事情就只剩一件了。

禍不單行

隔天在學校時萊恩還刻意迴避他們，甚至連看都不看他們一眼。麗琪簡直無法相信。在昨天說了那麼多過分的話之後，萊恩欠恩尼一個真心誠意的道歉來彌補他的虧欠。

恩尼……那可憐的孩子大受打擊。午餐時間他幾乎一個字也沒說，就只是坐下來盯著他的食物看，麗琪努力想逗他開心卻都徒勞無功。

當放學鐘聲響起，麗琪本來想追上萊恩臭罵他一頓，或甚至再揍他鼻子一拳，但停車場傳來的兩聲喇叭長鳴馬上掩蓋過這個想法，喇叭聲之外還伴隨著那彷彿貓叫般尖銳的熟悉聲音。

「麗琪！我的天！快一點！」

麗琪看到她表姊雀兒喜從派蒂阿姨加大休旅車的副駕駛座探出半個身子。

麗琪從口袋掏出她的手機。她有一則她媽媽傳來的未讀簡訊。

醫院要緊急輪班。對不起，沒聯絡到哈迪太太。

請妳下午去妳表姊家。

愛妳喔☺

麗琪把手機放回口袋裡，就在她心想今天實在糟到不能再糟的時候……更多喇叭聲傳來。

「快一點，妳這隻大笨牛！」

最後的打掃

放學後萊恩直接前往哈默利太太家。時間才下午三、四點，但天空中厚重灰暗的積雨雲讓人感覺好像天色已晚。

雖然他在發現哈默利太太之前就已經割完草了，但他還得把割草機收好、把割下的雜草裝袋，再把垃圾桶推到路邊。此外，草坪也要再稍加修剪一下。

他想確保草坪看起來乾淨又整潔，這是他向哈默利太太告別的方式，也是在對自己接下來要做的事表示歉意。

萊恩盡可能拖延清理的時間，但事情終究還是做完了。他把割草機放回車庫，允許自己再回頭望向房子一次。就在那個瞬間，他很確定自己看到了一個身影。那是一個長髮的女人，從廚房窗戶前走過，就在哈默利太太之前會站著和他招手，問他要不要喝檸檬汁休息一下的地方。

在此同時，他也聽見低沉的雷聲隆隆作響，他的注意力轉向頭頂散開的雲層。接著他又看向窗戶，搖搖頭，試著說服自己會看到那個身影只是他一時眼花。

但她確實在那裡，他剛剛看到她了。

然後她就消失了。

先上鉤再換目標之術

「安德莉亞，這主意不太好吧，」馬可斯・厄爾刻意慢慢地說。「那家人已經承受太多事了。」

安德莉亞給他看喬許在井邊祈求他的家能回到從前的影片，現在她想去男孩家拜訪並採訪他。

「我了解，」安德莉亞說。「但或許這麼做對他們全家都好，你自己也說那個男孩在班上幾乎都不說話。」

「安德莉亞，妳說的話聽起來像是在追求自己的私利。」

「你這麼說不公平，」安德莉亞一臉受傷地說。不過，其實她並沒有要馬可斯幫忙喬許家的事情。這個提議只是為了擾亂他的判斷，接下來要提出的才是她真正想到手的東西。

「好吧，」她說。「或許我可以放棄喬許在井邊的片段。」

馬可斯鬆了一口氣。「謝謝妳，安德莉亞。」

「但馬可斯，我要請你幫我另一件事。」

受夠了

今天雀兒喜比往常來得更咄咄逼人。或許是因為她感覺到麗琪內心的脆弱，感覺到麗琪的反抗能力變弱了，於是決定試試看她能把麗琪逼到什麼程度。

「噢，我想到了，」雀兒喜說。「我們來幫麗琪做頭髮吧。」

安柏的身體一僵，她朝麗琪輕輕搖了一下頭想要警告她，動作輕到幾乎難以察覺。

「雀兒喜，我不……」麗琪開口。

但雀兒喜已經從她媽媽的浴室走了出來，手裡還拿著各種不同的頭髮保養品，最明顯的是那組染髮用品。

「這一定會超讚的！」雀兒喜尖聲叫道。

「才不會，我們不要……」

「我在想我們把髮色弄淡一點，可能內層再加點挑染。」

「雀兒喜，」麗琪堅定地說。「我說我不要。」

雀兒喜的頭歪向一邊，露出既震驚又困惑的神情，彷彿麗琪剛說了什麼外星話。

接著她嘆了口氣，把頭髮保養品扔在地上。「好吧，」她說。她想要壓低嗓子，但沒有真的這麼做。「妳就像妳媽一樣當個孤單的醜老太婆好了。」

夠了，麗琪心想，我真的受夠了。

麗琪俯身盯著雀兒喜，朝她逼近。她話說得很慢，但語氣堅定、毫不動搖。「不好意思？」麗琪低聲問道，這聲音聽起來完全不像她。「妳剛剛說什麼？妳這個噁心至極、惡毒刻薄、惹人討厭又俗氣的傢伙！」

安柏害怕地叫了一聲（而且，或許啦，她也有一點看好戲的心態）。有那麼一剎那，雀兒喜看似會堅守自己的立場，但接著她的嘴唇開始顫抖，喉嚨也有如火雞的咽喉般抽搐著，她哭喊：「媽——」

麗琪連眼都沒眨，毫無退縮。於是雀兒喜哀號完後改變戰術，決定技術性撤退尋求援軍，結果差一點和她媽媽在樓梯相撞。

麗琪在床腳邊坐了下來，等待著。讓她驚訝的是，她竟然覺得內心很平靜。接下來的幾個片刻，麗琪覺得所有事都無關緊要。她鬆了一口氣，覺得她又做回自己了——這是一種她已經很久沒有的感覺。

在此同時，安柏做了一件很勇敢的事。她加入麗琪，安靜地和她一起在床角並肩而坐。

只是個故事

「安德莉亞，他們只是小孩。」

「我知道，但他們隱瞞了一些事情，或許是什麼犯罪事件。」她向馬可斯解釋她和浩特與杜南兩人會面時，認為他們的故事聽起來很可疑，而且他們還聯手防堵她拋出的問題。她告訴馬可斯，麗琪謊稱她不認識杜南，不過就在他們從襪子猴裡找到寶石的那一天，有人看到她和另外兩個馬可斯班上的男孩一起出現在養老院。

「妳說的事情缺乏直接證據，」馬可斯反駁。「妳還是需要掌握真相。這些都只是妳的猜測而已。」

「掌握真相？成熟點，馬可斯，這個世界才沒有什麼真相，只有故事。人們聽到的第一個故事、最普遍流傳的故事，還有最受人喜愛的故事。如果你的故事可以達到這三者之中的兩者，故事就會變成事實。」

「妳該不會真的這麼認為吧？」

「馬可斯，這就是這個世界運作的方式，」她說。「通常，人們聽到的第一個故事也會是最普遍流傳的故事。但我要講的故事會是人們最愛的。」

馬可斯倒退一步，身體靠著他的書桌，看起來很挫敗。「他們只是孩子，」他又重複一次。

「馬可斯，我懂，」安德莉亞說。「我們可以保護他們，我們會保護他們，我保證。」她往前傾，用手捧住他的臉。「但為了要做到這點，我就得是第一個。」

很長一段時間，馬可斯不發一語。

「好吧。」馬可斯終於回答，接著他說出所有她想聽的事情。

亮出皮帶扣環

今天工友楚門的速度又比昨天更慢了，湯米一直等到天快黑時才確認校園空無一人，不會被發現。等到湯米終於走出樹林時，已經開始下雨了。

他躲進儲藏室五分鐘之後，大雨便開始傾瀉而下，但起初湯米並不介意。他在乘坐式割草機上找到一罐可樂，可樂還很冰。雖然天色太暗沒辦法寫功課或畫圖，但至少他很溫暖、身子沒淋溼，也遠離了風暴。

但接著雨勢越來越猛烈，這讓湯米不禁開始思索。

永遠不會停的。雨不會，他爸的怒火也不會，情況只會越來越糟。姑且不論別的，那天晚上發生的事就足以證明這點。

重點不在他被痛打了一頓，之前湯米也被他爸的皮帶打過。嗯……被皮帶對折的那一端打過。

但那晚不同，因為就在他媽媽出來阻止爸爸之前，哈蘭・布雷克斯把皮帶轉了個方向。

亮出了皮帶的扣環。

湯米看過他爸用皮帶扣環打人，大多都是打韋德，偶爾也會這樣打山姆。他見識過皮帶扣環對他兩個哥哥的背部造成什麼樣的傷害，也看過他們被打時眼裡露出的神情。

起初他覺得躲在儲藏室似乎是個明智的做法，但這並不是解決方案。他不能像藏山姆的工具一樣一直把自己藏起來。風暴不會離開。

山姆也不會回來。

湯米被打的時候還沒意識到這個事實，但他媽媽說的沒錯，他哥哥不會回來救他了。

除了山姆的工具外，湯米還把哥哥離開後寫來的信一起藏在置物櫃後面。哥哥每週都寄來兩封信，一週也沒漏，不過湯米連一封都沒有讀。湯米告訴自己他之所以不讀信是因為他還很氣山姆就這樣離開了。但現在，他意識到這不是真正的原因。他不讀信是因為一旦他讀了，這件事就成真了，山姆真的離開了。

湯米很堅強。他知道該如何生存、該如何適應環境。他這一輩子所展現出來的堅毅是大多數的孩子——甚至大多數的成人——無法理解的。

但甚至連湯米・布雷克斯也有崩潰的臨界點。會覺得現在的一切都看似枉然，人無法改變命運，也無法抵抗自我本質。或許可以暫時假裝，但是……

當所有人都期待你表現出最糟的一面，遲早，你真的會滿足他們的期待。

湯米拉起連帽外套的拉鍊，打開門。外頭現在大雨如注，當猛烈雨勢打到柏油路上時，地面上還冒出一層霧氣。

無所謂，所有事都無關緊要了。湯米已經受夠躲躲藏藏、受夠努力嘗試、受夠在意這一切了。他就是受夠了。他打算冒著寒冷的天氣和滂沱大雨走路回家，如果他因此生病，或被車撞，或者如果他爸還在家，一踏進家門他就會被揍的話，湯米也覺得無所謂了。他會封閉起那個會受傷、會做夢、還抱著希望的自己，再也不回頭。

接著，就在他準備踏入那彷彿能吞噬人的暴雨中時，他看到它們。

那是一對車頭燈。

宛如搜索般，車頭燈沿著大路慢慢朝學校的方向前進。當它們越來越靠近的時候，湯米認出那是一輛休旅車的車頭燈——溫斯頓家的休旅車。車子開到學校前方，湯米看到駕駛是溫斯頓的奶奶。

休旅車開過學校門口的圓環，駛進教職員工的停車場，最後終於在人行道旁的小廣場停下來，那裡有四張附遮雨棚的野餐桌。帕蒂爾老太太把車停好、步出車外。她是個臉上滿是皺紋的矮小婦人，手裡還拎著兩大袋食物，她堅定地朝有遮雨棚的桌子走去。坐在副駕駛座的溫斯頓也下了車，笨拙地撐開一把大高爾夫球傘，朝湯米快步走去。

湯米踏出儲藏室跟他碰頭。

「溫斯頓？」湯米問。「你在這裡做什麼？」

溫斯頓的奶奶呼喚他們兩個。湯米朝她看過去，發現她已經在其中一張桌子上為他們擺滿了野餐的食物。

「老兄，」溫斯頓說：「你一定無法相信我多拚命想離開那棟房子。」

20 拒絕道歉

「所以呢？」派蒂阿姨不耐煩地瞪著麗琪。

「所以什麼？」麗琪低聲問道，她的語氣很平淡。

派蒂阿姨眨了眨眼，彷彿麗琪剛剛朝她的臉甩了水。「我覺得，」派蒂阿姨慢慢地說，語氣流露出一絲威脅：「妳欠雀兒喜一個道歉。」

「最好跟我好好道歉！」雀兒喜強調，傲慢地抬起下巴。

麗琪和她阿姨一陣尷尬，不太確定雀兒喜是在對誰下令。接著麗琪說：「她才欠我一個道歉，她說我媽是個孤單的醜老太婆。」

派蒂阿姨迅速瞥了雀兒喜一眼，眼裡幾乎帶著一點責怪。倒不是因為雀兒喜說出殘酷又傷人的話，而是因為她在別人面前洩漏了她倆共同的想法。

「麗琪，」派蒂阿姨很戲劇化地深吸一口氣，對麗琪說：「妳要搞清楚狀況。妳只是客人，而身為一個客人……」

「沒錯，派蒂阿姨，」麗琪打斷她。「我是客人。我不是寵物，不是玩偶或僕人，也不是妳們說閒話的對象，不要假裝我不在這裡或是好像我沒耳朵、沒感覺一樣。我是妳們的客人，這代表我不應該靜靜坐在這裡，聽她——或妳——說我媽媽身為一個在職單親家長的壞話。如果這個要求太過分，如果妳們連稍微表示一點歡迎都做不到，那為了大家好，派蒂阿姨，**請帶我回家！**」

跑腿的巴迪

阿特叔叔載巴迪到醫院，帶他去找麥康柏護理長，也就是他叔叔和消防局長口中的那位茱莉亞。這是巴迪在自然保護區縱火的懲罰。

「你現在歸麥康柏護理長管，」他叔叔說。「只要她滿意，我們就扯平了，了解嗎？」

巴迪了解。

阿特叔叔離開後，麥康柏護理長幫巴迪找了一件醫院制服和一張臨時識別證。護理長說她會指派巴迪做一些不直接牽涉到病人、尖銳物品或二級管制藥品的雜事。

接下來的幾小時，他去端了咖啡、清掃等待區、倒垃圾、再端咖啡、整理補給的櫃子，又端了更多咖啡。

麥康柏護理長負責整個急診室，但她也很樂意把巴迪出借給其他樓層的護士。才過一小時巴迪就累壞了。過了兩小時，他覺得筋疲力盡。到了第三個小時，他才發現自己之前根本不知道什麼叫做筋疲力盡。

接著麥康柏護理長接到一通電話，因為家裡有些急事，她得臨時離開。其他護士有點不知所措，不知道誰該接管巴迪。巴迪很想抽根菸，於是他偷偷溜出急診室，不過他還沒走出去就迷了路，等回過神來才發現自己在婦產科附近徘徊。

他在一扇厚重的玻璃安全門前停下來，玻璃將婦產科與醫院其他地方隔開，他環視四周想確定自己的所在位置。在搜尋出口時，他瞄到在玻璃另一邊有一排排正在睡覺的新生兒。

「嗨，你好啊，」那是一個女人的聲音。她的口氣很直接，不過態度很友善。

巴迪轉身。「呃，嗨，」他回答，然後指著別在制服上的識別證補充說：「我是巴迪。」

那位新生兒護理師看了看他的識別證。「嗯，哈囉，巴迪，我是珍娜。」她上下打量著他。巴迪很確定雖然沒說出口，但她一定覺得他是白痴，這種事太常發生了。

但出乎意料之外，她對他笑了笑並問：「你喜歡小嬰兒嗎？」

「老實說，我從來沒想過這件事。」

珍娜思考了一下。「跟我來，」她說。

萊恩的計畫

萊恩知道安德莉亞・雀絲無論如何都會把他們和霍利奧克紅寶石連在一起。然後，從這個線索她會追到閣樓、桑普金井，最後追到洞穴。在她得到她想要的故事之前——在她找到某個代罪羔羊之前，她是不會停的。

萊恩決定，這個代罪羔羊就由他來當。

吃完晚飯後，他從衣櫃裡拿出他的手提袋，趁他媽媽哄迪克蘭睡覺的時候從窗戶溜出去。外面正在下雨，雨勢很大，而且看起來不會馬上停。

當萊恩小跑步跑過街上時，他聽到遠方傳來隆隆的雷聲。抵達艾迪爺爺家後，他悄悄從車道的另一端潛入，跳過矮柵欄，進到後院。

第一步是闖進艾迪爺爺家。

第二步是通知警察有人剛闖進艾迪爺爺家。

第三步是進到閣樓裡，等警察來抓他。

從第四步就開始變得有點複雜。萊恩打算把閣樓裡剩下的東西裝進手提袋，然後自首。他會告訴警察他一直把從艾迪爺爺閣樓偷來的東西藏在哈默利太太家的車庫，打算放到網路上拍賣。就像他媽媽喜歡看的古董拍賣節目一樣，一定有很多收藏家願意花大錢買這些六十年前的破爛物品。

萊恩推測這個部分應該也還算簡單。要讓警察相信一個南區的小孩偷了東西並不是什麼難事，而且他們還在閣樓現場抓到他。下一個部分才是重點，他得演得恰到好處。

萊恩得說服警察哈默利太太有很嚴重的老年痴呆症，這樣才能解釋為什麼他能把偷來的東西藏在她的車庫裡。接著他會這麼說：有一天他去車庫檢查的時候，卻發現他的贓物全都不翼而飛。

重點在於要如何誘導警察將老年痴呆症跟贓物聯想在一起。萊恩會故意抱怨哈默利太太在過世前不久變得很瘋狂，他還會大聲嚷嚷著不知道哈默利太太對贓物做了什麼好事。這個部分比假裝自己是竊賊更讓他難以忍受，但唯有如此，事件才能彼此相連。最後警察會認為是哈默利太太把玩具色卡放在圖書館、把滅火器放在樹林裡、把襪子猴放在傑克・浩特的家。

這個故事不是很完美，而且如果認真推敲的話，有些部分也不太連貫。但這樣就夠了，對人們來說已經足夠。

這樣就不會有人發現恩尼、麗琪，或者是那口井的事了。

食物的療癒力

湯米面前有成堆的食物，但他一樣都不認得。溫斯頓的奶奶從保溫瓶裡為他們各倒了一杯甜茶，接著開始擺盤。擺盤的同時，她用母語介紹每一道菜，也說著她小時候在印度老家時是怎麼準備這些菜餚，她說完後溫斯頓再翻譯給湯米聽。

溫斯頓將一個紙盤遞給湯米，上面放著一個像是迷你漢堡的東西。

「這個叫瓦達包，」溫斯頓說。「其實就是把馬鈴薯餡餅油炸後再包到麵包裡，它也叫印度漢堡。」

湯米好奇地接過紙盤，它看起來不像任何他吃過的食物。但話說回來，他對他常吃的食物也沒什麼好感。所以當溫斯頓的奶奶（透過溫斯頓翻譯）命令湯米吃的時候，他就吃了。

這是在他年輕的生命中吃過最好的一餐。他吃了三個那種漢堡，接著又吃了一碗印度米豆粥。甜點的部分，溫斯頓的奶奶準備了米布丁和花生醬餅乾（雖然她小時候在印度沒有做過花生醬餅乾，但這是溫斯頓的最愛）。

就像許多有類似湯米這種成長經驗的小孩一樣，湯米在很小的時候就學會如何迅速地評斷一個人。他知道溫斯頓的奶奶會說英文，但她還是故意講印度話，好讓湯米難以拒絕她的命令。他也知道他們剛才吃的食物不是一般食物，而是工人階級的食物，就像墨西哥薄餅配米飯、普羅旺斯雜燴，或用白土司做的美式臘腸三明治一樣。這些食物對溫斯頓的奶奶有特殊意義，這是屬於她的食物。

他們吃完後雨還繼續下著。溫斯頓說要載湯米回家，但湯米拒絕了。溫斯頓有點擔心奶奶可能會堅持要載他，但湯米知道她不會。她能理解。

相反地，帕蒂爾太太用馬拉提語斥責孫子怎麼沒有帶朋友來家裡玩。接著矮小的老太太走回休旅車旁，用一個不悅的眼神掃過車身，打開駕駛座車門時還一面用馬拉提語喃喃抱怨著（大致可以翻譯為：「我還是比較喜歡開我的印度大使牌」）。

湯米看著休旅車消失在黑夜之中，接著他轉身走回儲藏室。走進室內後，他沒有順勢把門關上，因為這樣他才看得到雨。

雨可能會下整晚，他心想。

但這也不算太糟，因為現在他不再躲藏了。他只是在等待暴風雨過去而已。

擠滿竊賊的房間

入室竊盜這個計畫很不錯，但只有一個問題：有人已經先下手了。

一進到艾迪．威爾梅特的後院，萊恩就開始繞著房子走。當他從一樓的窗戶查看時，他看到……

有兩個人已經在屋子裡了，他們在黑暗中鬼鬼祟祟地移動。

什麼鬼……真竊賊居然搶先他這個假竊賊一步！

萊恩的第一個念頭是跑回家打電話報警，但他家離這裡太遠了。

他看向對街哈默利太太的家。萊恩還留著上次從花盆裡拿出來的備用鑰匙，他可以去她家打電話。

萊恩過了馬路，跑上哈默利太太家的車道，接著進到後院。他全身溼透地走進廚房，拿起掛在牆壁上的老舊話筒，就在他要撥號的時候，他瞥見映在廚房窗戶上的身影。萊恩迅速轉身。

是她，是那個留長髮的女人。上次萊恩看到她的時候，打在窗戶上的雨滴讓她的身影看起來很模糊；現在，漆黑的房間讓她一樣難以辨識，他不太確定她是否真的站在那裡。

接下來的幾個片刻，萊恩的腦子閃過很多念頭。這個女人看起來很像哈默利太太，只是年輕得多，他自然就得出一個結論：哈默利太太的鬼魂正和他一起站在廚房。雖然過去這一天半他確實睡得少、吃得少，不過萊恩不相信鬼魂。但他這個念頭也沒能帶來任何幫助。

他朝著門口後退的時候，一道閃電突然從天空劈下，照亮現在已經站到他前方的女人。

「萊恩？」她的聲音很輕柔，彷彿來自另一個世界。

接著萊恩就昏倒了。

嬰兒克萊兒

在洗手洗了彷彿有一世紀那麼久之後，珍娜帶著巴迪進入新生兒的加護病房。加護病房裡面只有一個嬰兒，一個很小很小的女孩躺在透明的塑膠保溫箱裡。

「她為什麼要待在裡面？」巴迪小聲地問。

「因為她是早產兒。」

「意思是她太早被生出來？」

「沒錯，」珍娜說。「所以我們把她放在保溫箱裡讓她長大，有點像還在子宮裡一樣。」

巴迪走到保溫箱旁，讀了旁邊的標籤。女孩的名字是克萊兒。她好小、好脆弱，看起來幾乎不像一個真的人。「她會沒事吧？」

「她活下來的機率很高，」珍娜說。「她是個鬥士。」

珍娜隨手拉了附近一張椅子到保溫箱邊。「坐下。」她對巴迪說。

巴迪坐下來，現在他的視線和嬰兒克萊兒同高。克萊兒醒著，不過她的眼皮也很沉重，彷彿她不太確定要不要回去繼續睡。

「把你的手伸進那邊那個小洞，」珍娜說，用手指了指。

「真的嗎？」

「多一些肢體接觸對新生兒比較好，」她拉起巴迪的手。「像這樣，」她說。巴迪把手伸進去，他的指頭碰到克萊兒小小的掌心。

彷彿直覺般，嬰兒小小的指頭握住了巴迪的食指。巴迪詫異地驚嘆了一聲。

「很酷吧？」珍娜說。

「是啊……」巴迪答。

「好吧，那就這樣，」她說，開始朝門口走去。「我過一會兒再回來看你們兩個。」

「等一下！」巴迪小聲但急切地說。「我的意思是，那我要做什麼？」

珍娜聳聳肩。「跟她講講話，讓她聽聽你的聲音。就……陪陪她。」

巴迪先是不知所措，接著感到驚恐，然後是憤怒，不同情緒快速輪番上演，不過他越是看著嬰兒克萊兒，他的意志就越加堅定。他沒有要離開的意思。

但他也沒說話，因為從他嘴裡說出口的話一定很愚蠢。

不過他會唱歌。他記得一首他媽媽在他小時候常常會唱的老歌。要怎麼唱呢？噢，對了。

「你說那只不過是個紙月亮

在紙板海洋上徜徉
不過如果你相信我
它就不只是幻想……」

泰絲

幾分鐘之後萊恩醒了過來。他躺在地上、雙腳墊高，頭下方還墊了一個小枕頭。廚房的燈光很刺眼，他幾乎覺得自己要瞎了，但他的視線馬上移到那個站在他旁邊的年輕女人身上。她身旁還站著一個男人。

那是……厄爾先生？

厄爾先生對萊恩微笑。「你還好吧？」

萊恩慢慢點著頭，厄爾先生拉著他站起來。他帶萊恩走到小餐桌前，要他坐下。

「我剛剛……」萊恩開口。等等，剛剛發生了什麼事？他昏倒了，還看到哈默利太太的鬼魂，還有竊賊——等一下，竊賊！

「威爾梅特家的房子，」他脫口而出。「有人正在洗劫威爾梅特家，現在！」

「我們早你一步發現了，」厄爾先生調皮地朝那個女人一笑。他發現萊恩一臉疑惑，於是解釋道：「噢，抱歉，萊恩，這位是泰絲・哈默利，哈默利太太的孫女。」

泰絲親切地微笑，彷彿她早已認識萊恩。她伸出手。「嗨，萊恩。我奶奶常常提到你，她很喜歡你。」

恩尼失望透頂

「我不懂。」恩尼的媽媽輕聲講著電話。

她接起手機的時候恩尼也在。是他爸爸打來的，而爸爸說的話讓媽媽很洩氣。

「我真不敢相信，」她說，又繼續聽了一會兒。「好吧，我會的。」接著她掛斷電話。

「怎麼了？」恩尼問。

他媽媽靠著廚房的流理臺，手撐住額頭。「沒事，親愛的，」她心不在焉地說。

「媽，妳看起來顯然就不是沒事啊。」

她抬起目光盯著恩尼，看起來就快要失去耐心了，她的表情彷彿在說：拜託，孩子，不是現在。

「告訴我。」恩尼追問。

「恩尼，不用你操心。」

「不要說這種話！」

他想要一股腦地把所有事都說出來——那些祕密、那些背著他講的話、那些過度保護的行為，還有那個愚蠢的後座——但唯一脫口而出的卻是：「媽，我不是小嬰兒！」

當然，如果你跟你媽說你不是個小嬰兒，你聽起來就一定超像個小嬰兒。話才剛說出口，恩尼就意識到這點了。他馬上拔腿衝出廚房。

恩尼的媽媽在他身後呼喊著，但他已穿過前門、跑上街道。她追到前門的臺階上再次呼喚他，但恩尼對他爸媽、他的朋友們，還有那口井感到失望透頂，甚至連對自己也是，所以他只是繼續往前跑。

21 厄爾先生另有盤算

泰絲和厄爾先生帶萊恩到哈默利太太客廳的凸窗前，從這扇窗看出去可以直接看到威爾梅特家。現在有兩部警車停在房子前面，警燈在雨中不停閃爍著。

一開始萊恩慌了起來，以為警察是在找他，但他馬上想起他根本還沒闖進房子裡。「我不懂。」

「繼續看下去。」厄爾先生說。

這時威爾梅特家的前門打開，一個警察領著扣上手銬的安德莉亞・雀絲走了出來。她看起來很不爽。

「那是你的記者女友。」

「前女友，」厄爾先生澄清，偷偷瞥了泰絲一眼。「那是很久以前的事了。」

萊恩皺眉。厄爾先生和泰絲正用那種電影裡才會出現的迷濛眼神互望，看到這種眼神觀眾就會知道主角們墜入愛河了。但除此之外還有別的，就是那個……要怎麼形容呢……

「你們兩個是共謀！」萊恩脫口而出。

「你在說什麼？」厄爾先生說。

萊恩知道現在是什麼情況了，但他還沒完全搞清楚來龍去脈。「你們兩個，」他說，手一邊指著窗外的逮捕行動。「那是你們計畫好的。」

懸崖唐納利的說故事高手

安德莉亞・雀絲說馬可斯・厄爾很貼心，她沒說錯，但他不僅僅是個貼心的人。馬可斯・厄爾還是個說故事高手。

幾小時之前，他和她說了一個故事，講得天花亂墜。

前一天晚上，馬可斯・厄爾到哥倫布機場接泰絲・哈默利，她剛從舊金山飛來處理她奶奶葬禮的事宜。馬可斯和泰絲在高中時代是好朋友，從哥倫布到懸崖唐納利的一小時車程中，泰絲把她奶奶和襪子猴冒險故事的內幕全告訴厄爾先生，而這件事剛好牽涉到三個他最喜歡的學生。

所以當安德莉亞出現在厄爾先生的教室，用她扭曲但並非毫無依據的陰謀論突襲他時，馬可斯・厄爾已經準備好要告訴她所有她想聽的故事。

「這……這比妳想得還複雜，安德莉亞，」他開始說故事。「事情要追溯回三個世代以前，而且還可能會影響到整個小鎮。」

安德莉亞拿出錄音機，但厄爾先生用力搖搖頭。「我告訴妳霍利奧克紅寶石的事可不能留下證據。」

安德莉亞點點頭，把錄音機遞給他，證明她關掉了。

厄爾先生繼續說：「班尼・馬丁利不是獨自犯案。」

「我知道，他和芝加哥那個奧森・摩爾登是一夥的。」

「不。摩爾登是個買家，他是個罪犯沒錯，但他不是幫馬丁利買賣贓物的人。」

「好吧，那是誰在幫馬丁利買賣贓物？」

「艾格・威爾梅特。」

「艾格・威爾梅特？威爾梅特鍛模公司的那個威爾梅特？」

「妳說麗琪和另外兩個男孩去養老院，其中一個男孩叫恩尼・威爾梅特，他就是艾格・威爾梅特的曾孫。」

安德莉亞驚嘆。「所以艾格・威爾梅特和班尼・馬丁利……」

「是共犯？沒錯，」馬可斯說。

安德莉亞開始慢慢理解。「威爾梅特用工廠來洗贓物交易賺來的錢。」

「也用他的房子來存放那些贓物，」馬可斯補充。

安德莉亞的眼睛發亮。「就是這個！他們想掩飾的就是這個！傑克・浩特不是從他媽媽的遺物裡找到襪子猴的，因為它一直藏在老威爾梅特家！」

「沒錯，艾格・威爾梅特一直把它藏在家裡。他兒子艾迪・威爾梅特繼承了那棟房子，之後也一直住在那裡，直到幾個月前去世為止。」

「那些小孩就是在那時候被牽扯進來的，對吧？是他們找到了霍利奧克紅寶石。」

厄爾先生點點頭。「地下室有一面假牆堵住一個以前用來裝煤礦的房間，裡頭還藏著各式各樣馬丁利偷來的寶石和鈔票。」

「你不是在開玩笑吧！但你的學生是怎麼找到的？是艾迪・威爾梅特告訴他們的嗎？」

厄爾先生搖搖頭。「不是，我不認為艾迪・威爾梅特知道這件事。」

安德莉亞一臉困惑。「那麼，那些小孩怎麼知道要找那間房間？一定有其他人幫忙。」

有一瞬間她看起來被難倒了，但接著她恍然大悟。「艾格・威爾梅特和班尼・馬丁利還有一個夥伴，對吧？」

厄爾先生點點頭。「他們需要一個能提供保護的人。」

「史坦利・杜南警探！」安德莉亞說。「他是第三個同夥！」

「沒錯，直到某個時間點為止。」

「你的意思是，他背叛了威爾梅特和馬丁利？」

「我的意思是奧森・摩爾登沒殺班尼・馬丁利。」

安德莉亞倒抽一口氣。「是史坦利・杜南殺的！」

馬可斯・厄爾遺憾地點點頭。「在馬丁利偷走霍利奧克紅寶石的隔天，他就在芝加哥被杜南突襲。但那時馬丁利已經把紅寶石藏在襪子猴裡，送去給艾格・威爾梅特了。杜南沒辦法去找威爾梅特，因為威爾梅特在懸崖唐納利的勢力很大。雖然如此，杜南一直都知道紅寶石就藏在威爾梅特家的某處。艾格・威爾梅特死後，杜南試圖從艾迪・威爾梅特的手中把房子買過來，但艾迪不願意賣掉房子。」

「等艾迪過世之後，杜南就有機可乘了。」

「沒錯，杜南叫艾迪的孫子恩尼幫他找。如果恩尼和他朋友不願意，他就威脅他們。」

「然後他把紅寶石還給霍利奧克基金會，領到了獎賞。」安德莉亞不可置信地搖搖頭。「麗琪把這些事都跟你說了？」

「在妳開始問問題後，她就跟我說了。」

「結果你也沒去報警？」

「安德莉亞，我怎麼能去報警？杜南可能在警局裡還有朋友，誰知道他的影響力到哪個層級？」厄爾先生只是搖搖頭。「還是別報警吧，最好就乖乖按照他老人家的意思做。」

「馬可斯，他可是個殺人兇手！」

「正是因為如此！」他吼回去，聲音裡閃過一絲驚慌。「聽好，我才不在乎什麼鑽石、寶石、現金，還是六十年前發生了什麼事。我只在乎那些小孩的安全。」

「他們會很安全的，」安德莉亞・雀絲說，抓著包包朝門口走去。「相信我。」

她火速離去。

站在玄關等

麗琪背著背包在玄關站了二十分鐘。雖然派蒂阿姨希望麗琪趕快滾蛋，就像麗琪也希望能快點離開這棟房子一樣，但派蒂阿姨可不想讓麗琪那麼好過。所以她叫麗琪在玄關等，自己則走進廚房打電話給麗琪的媽媽。

門鈴終於響了。派蒂阿姨大步邁向玄關打開大門，完全不看麗琪一眼。

麗琪的媽媽踏進屋內，她說話的時候也沒有看麗琪。她只是靜靜地說了一句：

「到車子裡等。」

萊恩有很多事情要思考

「所以你知道她會闖進屋裡找那些贓物？」

「我想如果我說服她史坦利・杜南警探和黑道有掛鉤，她就不會去附近警局報案，因為怕警局裡還有他的同夥。這樣一來，她就只能自己去找存放贓物的房間了。」

萊恩思考了一下。「好，」他說。「這部分我懂了。那你又是怎麼知道我、恩尼和麗琪跟這件事有關？還有我們是怎麼找到襪子猴裡的寶石？那部分大致上是真的。」

萊恩順著厄爾先生的視線看向泰絲。

「我和我奶奶每週都會通好幾次電話，是她告訴我的。」

「所以雀絲小姐闖到屋內想找那個存放贓物的房間，但那房間其實根本就不存在。然後你們兩個就坐在這裡，等著打電話報警，」萊恩說，試著搞清楚來龍去脈。「我的天，厄爾先生，你們真的擺了她一道。」

萊恩的老師在那一瞬間露出一個幾乎稱得上是邪惡的笑容。「萊恩，誰叫她敢打我學生的主意。」

萊恩再次看向窗外。安德莉亞・雀絲已經坐在警車後座，而警察正押著一個生氣的男人走出來，男人手裡拿著一臺數位攝影機。

「所以，萊恩，」厄爾先生說。「或許現在換你告訴我們你今晚到底在做什麼。」

謝伊醫生

麗琪走出屋子，她在原本媽媽會停車的位置看見一輛黑色賓士轎車，而站在車旁撐著傘的是一位穿著西裝、看起來很高大出眾的男士。

「哈囉，麗琪，」那男人說，他把雨傘伸向麗琪為她遮雨。「我是謝伊醫生，是妳媽媽的同事。」他伸出手。「妳可以叫我湯姆，」他加上一句。「如果妳願意的話。」

麗琪謹慎地握了握他的手。這男的一定是醫院的人，難道她媽媽因為中途離開工作崗位而惹上麻煩了？

「湯姆，」麗琪問。「你要開除我媽媽嗎？」

謝伊醫生一臉疑惑地看著她，然後笑了。他越笑越大聲，嚇了麗琪一跳。「哇，我還真不知道該怎麼回答這個問題。」他思考了一下。「好吧，首先，妳媽媽並不是替我工作。我是心臟外科醫生，我們在醫院確實會一起工作，但我不是她的老闆。」

「所以她這樣中途離開沒問題？」

「麗琪，我來這裡不是因為工作上的事情，」他有點緊張地調整自己的領帶。「妳媽打電話給我是因為……」他停了一下，思考著要怎麼說比較好。「嗯，因為她很生氣，沒辦法專心開車。」

謝伊醫生咯咯笑著，麗琪覺得有點困惑，但接著她突然懂了。謝伊醫生回答她的問題時，是用那種大人不想說謊，但也不想直說的口吻。

「等一下，」麗琪說，她已經不像原本那麼困惑了。「你們兩個在交往？」

「是的。」謝伊醫生慢慢地說。他本來好像要再多說些什麼，但前門在此時打開，麗琪的媽媽走了出來，而他看起來彷彿鬆了一口氣。麗琪看到派蒂阿姨站在門口，因為輸了一場唇舌之爭而氣得發抖。

麗琪的媽媽走到車旁，閉上眼睛慢慢地深吸一口氣，接著她握住麗琪的手，微微一笑。

「我不知道你們餓不餓，」麗琪的媽媽說，用手揮掉頭髮上的雨水。「但我現在可以馬上怒吃一個起司漢堡。」

萊恩全盤托出

萊恩向厄爾先生和泰絲招供了所有事，他從溫斯頓和湯米的午餐事件講起，也說著他和恩尼是如何在樹林裡找到通往井底的洞穴，接著又講到美術用具組、玩具色卡，以及滅火器的事，最後講到襪子猴和裡面的寶石。

然後他又告訴他們百衲被以及哈默利太太的事，要講這個部分對萊恩來說很困難。

厄爾先生和泰絲什麼也沒說。他們沒有打斷萊恩，一次也沒有，甚至連問題也沒問。萊恩從他們臉上的表情可以判斷他們不知道要對他的故事作何感想，但他們相信他……至少是相信萊恩沒有在騙他們。

「在襪子猴事件後有很多記者來採訪，但之後事情也慢慢恢復平靜。我們還以為一切都結束了，但接著你的女朋友……」

「很久以前的前女友，感覺像上輩子的事了。」

「反正她出現了，然後她想……嗯，證明事情是假的那個詞是什麼？」

「你是說『揭穿』？」泰絲提出。

「對，就是那個。她想揭穿桑普金井的事情，讓所有相信井的人看起來像個笨蛋。如果她成功了，大家遲早會發現是我們在偷聽他們的願望，他們就會覺得這一切都是騙局，是一場惡作劇，所有事都不是真的。但這些事情確實是真的啊。就算不是真的，恩尼也只是想幫助人……」

萊恩的聲音越來越小，他心想或許他講到這裡就好。但他們都知道他話還沒說完。

「然後我又想到你在班上教我們的『代罪羔羊』。我就想，一個代罪羔羊正是我們需要的。如果警察在恩尼的爺爺家抓到我，大家就會把我當成代罪羔羊。我想或許代罪羔羊和奇蹟可以同時存在吧，畢竟大家還是比較喜歡幸福快樂的結局，只要有人付出代價就行了。」

「真是的，馬可斯，」泰絲說。「你都教這些小孩什麼啊？」

「所以我打算和警察說我偷了所有東西——美術用具組、玩具色卡等等的——然後把它們藏在哈默利太太家的車庫。這點很合理，大家應該都會相信。接著我會說哈默利太太有點老年痴呆了——我沒有不尊敬的意思——她發現我偷的東西，然後開始把它們放到小鎮的各個角落。」

「所以你扮演壞人，而她意外成為英雄。」

「大概是這樣。」

厄爾先生看起來不知道該說什麼。「萊恩，你這計畫很聰明、很巧妙，而且動機極其高貴，但也太傻了……」

「嘿！我怎麼知道你已經計畫好要擺脫你那個多管閒事的女朋友……」

「很久很久以前多管閒事的前女友！而且如果你找大人幫忙……」

「像是找你？」

「嗯，是啊，找我或……」

「為什麼？這樣你就可以說我很傻？」

「或你父母，或麗琪的媽媽，或……」

「她沒有老年痴呆，」泰絲在這時插嘴，把萊恩和厄爾先生都嚇了一跳。「我奶奶，她沒有老年痴呆。」她看著萊恩，溫柔地笑了笑。「萊恩，我知道。我知道她從來沒付錢給你，而你總是告訴她已經付過了，但其實她知道真相。她心知肚明。」

戲劇性退場會帶來的問題

戲劇性退場會帶來一個問題：因為事發突然，當事人沒有時間顧慮天氣狀況。恩尼才跑到離他家四個街區遠的地方，他就已經喘得上氣不接下氣，而且支撐著他的腎上腺素也降了下來，此外，他還領悟到兩件很關鍵的事：(1)現在正在下雨，以及(2)現在很冷。

此時此刻，他願意用任何東西來換回他的防風外套。一想到外套，他的心就往下沉。他的防風外套跑去哪了？

現在認真一想，他覺得自己似乎已經好幾個星期沒看到它了。前陣子天氣回暖，他都沒有穿外套去學校。他努力回想著上次穿防風外套是什麼時候，但他只記得他穿去桑普金井的那幾次，而且他還一直把外套忘在井裡。

如果現在外套真的在井裡呢？如果有人——例如安德莉亞·雀絲——發現那個洞穴，然後在那裡發現防風外套怎麼辦？

外套的襯裡還寫著恩尼的名字。

恩尼開始跑向北區公園。他完全忘了溼冷，一心一意只想趕快抵達洞穴，他得趕在一切無可挽回之前拿回防風外套。

出乎意料的感情發展

謝伊醫生到櫃臺付錢。

「我知道，我知道，」麗琪的媽媽在她開口前搶先說道。「我早該告訴妳的。」

「那妳怎麼沒說?」麗琪問。比起沮喪,她更是好奇。

她媽媽不好意思地聳聳肩。「我很擔心,不知道妳會有什麼反應。」

麗琪突然意識到自從她爸離開後,她就一直對媽媽有很深的誤解。麗琪覺得自己根本沒有去好好了解媽媽。

麗琪本能的反應是去責怪派蒂阿姨和雀兒喜(她媽媽整晚都沒提到她們,接下來的四天也不會),怪她們害自己在媽媽離婚之後看扁媽媽;怪她們影響自己,讓自己相信是因為媽媽不夠漂亮、不夠女性化、不夠堅強才沒辦法留住男人。

而麗琪也意識到,今天下午讓她抓狂的真正原因是因為她很氣自己。派蒂阿姨和雀兒喜是很糟糕沒錯,但是麗琪竟然讓她們就這樣左右自己的想法。

有人曾說過一句很經典的話:「重要的不是別人怎麼稱呼你,而是你選擇對什麼做出回應。」過去幾個月以來,無論阿姨和表姊怎麼說麗琪,她都對她們的批評做出了回應。更糟的是,她還替她媽媽回應。

但麗琪完全錯了,她終於看清自己長久以來的盲點——她媽媽才沒有失去她爸爸,是她甩了他。麗琪一直以為她媽媽希望爸爸能回來,但這才不是媽媽晚上哭泣的原因,她媽媽之所以會流淚是因為他不願意回來看麗琪。

「妳真的喜歡他嗎?」麗琪問。「真的喜歡謝伊醫生?」

她媽媽看著她。「我真的很喜歡他，」她回答，一句還未說出口的問題懸在嘴邊。

「那好，」麗琪說。「對我來說這樣就夠了。」

泰絲差點說溜嘴

「她知道你免費幫她除草、幫她倒垃圾、幫她鏟街道上的積雪，還做了很多很多事情。她也知道每個星期你都騙她，不讓她付錢。你在她心裡占很重要的位置，萊恩，事實上，她……」泰絲制止自己，馬上切換話題。「呃，改天再談這個。我們現在應該好好慶祝一下，對吧？我的意思是，現在已經不用擔心馬可斯的寶貝……」

「好多好多年以前的……算了，別提了。」

「而且萊恩和他的朋友也脫離險境了。」

萊恩和厄爾先生互看對方一眼，泰絲說得沒錯。

「還有一件事，」厄爾先生仔細思考後說。「你爸媽不知道你去哪裡了，現在可能很擔心你，我們要怎麼跟他們交代？」

萊恩和厄爾先生一起想出一套很接近事實的說法。他們會略過萊恩想闖空門卻沒成功的那段，說萊恩之所以回哈默利太太家，是想確認自己是否有把割草機用的汽油罐放回車庫裡，而在那時，萊恩剛好看到對街有小偷要闖進屋子。他溜進哈默利太太家想打電話報警的時候看到泰絲，然後就被嚇到了。

「一定要說我被嚇到嗎？」萊恩問。

「難道說昏倒會比較好嗎？」

萊恩搖搖頭。

厄爾先生打了電話，交代故事原委。萊恩的媽媽本來很焦慮，但在聽了厄爾先生很有說服力的故事之後，原本的焦慮與擔心就轉化為理解和感激之情。

厄爾先生的故事近結尾的時候，萊恩的媽媽因為要去應門，所以請他稍等一下。一會兒後，她又回到電話上。

厄爾先生聽著電話，一面轉向萊恩。「威爾梅特太太剛去你家。恩尼好像離家出走了，大家都找不到他。」

恩尼重重一摔

恩尼抵達北區公園時腎上腺素剛好用盡。或許這是件好事，因為疲憊感襲來，他才沒有狂亂地跑進樹林裡，然後讓自己迷失方向。他慢下來喘著氣，看看四周的環境，也讓頭腦有時間喘息一下。

雖然天色已經很暗了，但恩尼還是順利找到通往洞穴的步道。不過這時雨又下得更大了，他真心希望能趕快找到他的防風外套。

他開始爬上山坡，往洞穴的入口前進。不過地面因為下雨變得又滑又泥濘，他往斜坡上爬的同時也不斷往下滑。恩尼想起一個古老的希臘神話，故事講到一個男人必須不停地將大石頭推上山，但沒想到每次推到頂端後，石頭都會再度滾回山谷。恩尼現在就是這種感覺，只不過，他自己就是那塊石頭。

萊恩對恩尼的看法沒錯，萊恩說的每一件事都沒錯。恩尼只是一個被過度保護的小孩，自以為可以解決所有問題，到頭來卻把事情搞得更糟。但讓恩尼最傷心的並不是萊恩說對了，而是艾迪爺爺弄錯了。艾迪爺爺錯估了恩尼，他不該把他死前最後的心願託付給恩尼的。

恩尼開始手腳並用地爬上山坡，洞穴入口就在前方幾英尺處。不過恩尼腳下的地面很鬆軟，不管他多努力地又挖又爬，他就是無法拉近最後一小段距離。但是恩尼並不想放棄，要他繼續爬一整夜他都願意。

要不是他腳下地面整個坍方的話，他真的會爬一整夜。

這情況就像恩尼的腳底有一塊毯子，而毯子卻硬生生被抽走一樣。他臉朝下撲倒在泥土中。等到他反應過來的時候，他發覺自己正和大半面崩落的山坡一起滾下山。土石流來得又急又猛，劇烈的程度讓恩尼震驚到忘了害怕。

出於本能，恩尼伸手亂抓，試圖抓住什麼好讓自己停止滾落。終於，他的手臂勾住一棵離步道約二十碼遠的樹幹。

然後他的運氣急轉直下。

他的手肘上方骨折了。

22 恐懼

工廠關門只是時間早晚的問題。在掛電話前，萊恩的媽媽告訴他們威爾梅特先生沒取得銀行貸款的消息，但萊恩現在無法思考這件事，因為恩尼失蹤了。

厄爾先生掛斷電話後，萊恩說他們得去北區公園找恩尼，他很確定恩尼正往洞穴前進，想要回到這一切的起點。也許那可憐的孩子覺得自己能去許願，讓所有事情好轉起來。泰絲馬上抓了幾個手電筒。在厄爾先生開車載他們匆匆趕去公園的路上，泰絲用手機打電話給消防局。

「恩尼！」萊恩喊著，一邊朝步道的方向跑去，他的手電筒發狂似地掃過樹林。

「恩尼！」

「你跑太快了！」厄爾先生叫道，但萊恩已經衝向樹林深處。到處都沒有恩尼的蹤影。天色又暗又下著雨，要判斷步道的方向比他想像得還困難，搜索的希望變得十分渺茫。

萊恩覺得很害怕，他有一種強烈的預感，此刻正是命運交關的時刻，事情可能朝任一方發展。

接著一個不祥的念頭猛然閃入萊恩的腦海，他努力想揮去這種感覺。蘿蔔。整件事起於六十年前一個心太大的可愛小孩去世了，這個故事該不會也這樣做結？

「萊恩！」他又聽到厄爾先生從遠處叫他的聲音。

萊恩心慌意亂地往前跑。他呼喚著恩尼的音量越來越大，聽起來也越來越絕望，但他依然毫無所獲。他又加快腳步，繼續扯著嗓子喊到聲音都啞了。他開始覺得所有樹木看起來都一模一樣，步道也蜿蜒曲折，他完全分不清楚自己在哪條步道上。

接著他停下來，他現在已經完全不知道自己身在何方，也聽不到厄爾先生和泰絲叫他的聲音。

萊恩慌了，他意識到自己的恐懼感逐漸壓過理智，就像那天晚上麗琪告訴他們安德莉亞・雀絲的事情時一樣，當時他還對恩尼講了很傷人的話。他決心不讓自己被恐懼淹沒。

萊恩閉上眼睛，讓自己的呼吸和緩下來。他還是很害怕，實際上是嚇壞了，但他意識到重要的不是他恐懼與否，而是該如何戰勝恐懼的感覺。

萊恩張開眼睛，讓手電筒光線慢慢掃過樹林。他正站在兩條步道的交界處，光線照在一塊指示步道方向的木牌上。很好。木牌上刻著0.5英里的字樣，還上了藍色的漆。

他認出那塊指示牌，他走超過洞穴了。

他循原路折返。確認自己的方位後，即使身處黑暗中，步道似乎也變得熟悉起來。他加快腳步以平穩的步伐慢跑著，現在他聽得到厄爾先生和泰絲的聲音了，但他們聽起來還是在很遙遠的地方。

萊恩沒有回應他們，他正在思考。

他找到他們平常會走離步道的位置，只要再往上穿過樹林就能抵達洞穴。於是他離開步道，緩慢地用手電筒照射四周，開始喊著恩尼的名字。但比起呼喊，他更專注地聆聽。

就在那時，一道閃電照亮了他身旁的樹林。在那一瞬間，周遭的一切突然靜止下來，四周一片死寂。

不到一秒鐘，林子又再度陷入漆黑，但那一瞬間的閃光已經足以讓萊恩看到他想看到的。

深夜慢跑

消防局今晚沒什麼事。查德・芬尼根正在儲藏室整理心肺復甦術用的假人模型，這時，消防局長科林斯從門口探頭進來。

「芬尼根？」

「嗨，局長。」

「有個小孩在靠近北區公園的自然保護區裡迷路了，你都是在那裡慢跑，對吧？」

「是的，局長。」

「立刻整裝，你和詹金斯和洛弗提一起，兩分鐘後出發。」

骨折和土石流

萊恩匆匆趕到他剛剛在山坡上看到的位置。在被閃電照亮的短暫瞬間，他看到一個身影俯臥在泥巴之中。是恩尼。他臉朝下，半昏迷地輕聲呻吟著，左手臂被扳成一個很不自然的角度。

萊恩蹲下來。「恩尼，」他說。「你聽得到我的聲音嗎？」

恩尼發出疼痛的呻吟聲。暴風雨在頭頂盤旋，閃電和打雷接二連三地劈了下來，大雨也傾盆而下。萊恩聽到隆隆作響的聲音，一開始他以為那是不斷作響的雷鳴，但接著他感覺到了。

就在他腳底下。

「我們得帶你離開這裡。」萊恩掙扎地扶起恩尼，想要避免碰到他的斷手，但很不容易。任何一個輕微的動作都能讓恩尼痛到叫出來，萊恩怕他如果移動得太快，他的朋友可能會痛到昏過去。

但隆隆聲越來越大。

萊恩深吸一口氣，用他的頭撐著恩尼沒受傷的手臂。萊恩把恩尼的身子半撐起來的時候，恩尼立刻就吐了出來。雖然山搖地動，萊恩連站都站不穩，他還是使出吃奶的力氣把恩尼扛在肩膀上。

接著，他以小碎步快速跑下山坡。

萊恩感覺腳下的地面正在滑動，很像在滑雪，但他們都沒有滑雪板。他聽到身後傳來巨大的崩塌聲響，雖然他不敢回頭看，但他知道那是什麼。

整座山坡就要崩塌了。

萊恩看得到山腳和位於幾碼遠之外的步道，因此判斷他們此刻最明智的選擇就是順著土石流滑下去，並做好最壞的打算。他知道他們滑到底的時候，土石流會突然停下來，他得做好準備。

不出所料，崩塌的坡度變平了，他腳下的土石也停了下來，他感覺整個人被猛力往前推。他勉強邁出兩、三個大步，但接著身體的慣性把他拋向前方的步道。

我們一定會摔得很慘，萊恩心想。

然而，也許是因為機運，也許是命運已有所安排，也或許是因為魔法——厄爾先生當場接住了他們。

雖然接這個字可能言過其實，但厄爾先生確實是用自己的身體減緩兩個孩子滾落的速度。所以當他們一同摔向地面時，兩個小孩摔在厄爾先生身上，因而免去了原本其中一個或兩個小孩都要腦震盪的下場。不過萊恩的右腳踝嚴重扭傷，而撞擊的力道讓恩尼痛到尖叫，接著昏迷過去。

厄爾先生在被萊恩的額頭撞斷鼻樑後，試著抱起恩尼；萊恩的右腳不能施力，但接著，在搜索另一條步道的泰絲發現了他們，她直接走向萊恩，把他的手臂繞過自己的脖子，領著他和其他人走出樹林、朝公園中央的大橡樹走去。她輕輕地讓萊恩靠在巨大的樹幹上，接著協助厄爾先生讓恩尼在地面上躺平、把他的腳墊高。厄爾先生檢查恩尼的傷勢時，泰絲脫下外套，蓋在恩尼的胸口。

那是一棵很老的橡樹，茂盛的樹冠擋住大部分的雨勢。看來暴風雨似乎終於要平息下來了。厄爾先生在照顧恩尼的時候一臉擔憂地瞥向萊恩，萊恩向老師簡短地點了點頭。現在恩尼更需要他們的幫忙。

萊恩閉上眼睛。他的腳傳來陣陣疼痛，全身也溼透了，而且寒風刺骨，但這些都無所謂，因為恩尼還活著。他的朋友還活著。此時此刻，沒有比這更重要的事了。

閃電劈向附近楓樹發出的聲響嚇了萊恩一跳，他眼睛一睜，沿著自然保護區的林線望去，他看到一棵楓樹從中間被整齊地劈成兩截，轟然一聲倒向地面。徹底將桑普金井砸毀。

恩尼・威爾梅特的防風外套到底在哪裡？

「萊恩？」

「怎麼了？」

「你醒了嗎？」

萊恩睜開眼睛望向恩尼，他們兩個都躺在救護車內的擔架上。一個救護人員坐在他們之間的小凳子上。「應該吧。」

「我們有麻煩了，」恩尼說。

「恩尼，我們可是在救護車裡，不用說也知道。」

「不是，我不是那個意思，」恩尼說。「我的防風外套。」

「怎麼了？」

「我把它忘在洞穴裡了。如果有人找到怎麼辦？」

萊恩想了一下。「你是在說，你今晚去樹林裡就是為了這個？你想回洞穴裡拿你的防風外套？」

「嗯。」恩尼說。

萊恩開始咯咯笑。

「萊恩？」

但萊恩現在笑得更厲害了，他笑到無法控制自己，整個身體也跟著抖動。以萊恩目前的身體狀況來說，他笑到全身都發痛了。

「真的很對不起，萊恩。我試過了，我真的試過了。」

恩尼聲音中的絕望讓萊恩稍微冷靜下來、克制住自己。

「恩尼，」萊恩說：「你的防風外套不在洞穴裡面啦，你的外套在我家，上個月來我家過夜時你忘記帶回去了。」

男孩們

救護車正火速開往醫院，查德的身子往後靠向駕駛室。

「預計七分鐘後到達，」洛弗提從駕駛室的窗戶對他說。「他們還好嗎？」

查德低頭看看他左右兩邊的兩個男孩。「很好，」查德說。「他們很安靜。」

比較高大的那個男孩看起來年約十二歲，另一個可能年紀比較小。或者，也可能只是他身材比較矮小。

小男孩開始跟那個大男孩說話，他的眼神很驚恐。骨折得這麼嚴重，也難怪他會這麼害怕。

查德回憶起他摔斷腿的時候，那時他十三歲，和麥特・瑞德格從派克街橋往弗爾登溪跳下去。

那時的他也很害怕，就像這個摔斷手的小男孩一樣，希望他朋友能安慰他，告訴他不會有事的。

麥特就是這樣安慰他的，讓他安心。

那兩個男孩開始竊竊私語，接著高大的男孩笑了起來。

「後面還好嗎？」洛弗提從駕駛室問。

查德不太確定。大男孩可能還驚魂未定，但接著小男孩也笑了。

「嗯，」查德說。「他們沒事。」

被遺忘的巴迪

在離家只剩半英里遠的時候，麗琪的媽媽哀號了一聲，像是突然想起有某件麻煩事還沒處理好。

「怎麼了？」麗琪問，她媽媽在路中央將車子迴轉。

「我們得回醫院一趟。」她媽媽嘆氣。

「好。妳忘了什麼東西？」

「不是忘了東西，」她媽媽疲憊地說。「是忘了某個人。」

骨折，喀啦、啪

救護車駛入醫院時，恩尼的媽媽和哈迪太太馬上靠上前。恩尼知道自己看到媽媽應該要感到害怕，他闖下大禍了，不僅離家出走，還在樹林裡迷路摔斷了手。但萊恩告訴他防風外套的下落讓他高興到沒辦法擔心其他事情。

他的手診斷出來是開放性骨折。醫生在固定恩尼的手臂之前幫他打了一針，減輕疼痛。藥劑很快就發揮作用，他在進入昏睡前最後的記憶是兩個護士按住他，一個按肩膀，一個按腳，醫生抓著他手肘下方的手臂，開始從三倒數。數到一時恩尼聽到啪的一聲，接著是好幾聲喀啦喀啦的聲響。

我應該要覺得很痛吧？恩尼心想。

接著他就昏迷過去。

超時

「他在那裡多久了？」

「從五點半就在那裡了。」珍娜說。

「什麼？已經超過三個小時了！」

「我告訴他七點就可以走了，」珍娜回答。「但他想繼續待著。」

茱莉亞・麥康柏從窗戶看進新生兒加護病房，巴迪正坐在一個病人旁邊，對著小小的保溫箱溫柔地唱著歌。

「哦，還真令人意外。」她說。接著她朝電梯走去，麗琪還在等她。

修補裂痕

麗琪確實在急診室的櫃臺旁等她媽媽，等待時她恰好看到萊恩從附近的診療室一跛一跛地走出來。

護士替萊恩的腳踝裝上了支架、清理他頭上的傷口並纏上繃帶，也用繃帶包紮好他的肋骨。

萊恩向麗琪迅速交代過去幾小時發生的事情：安德莉亞・雀絲被逮捕、恩尼摔斷了手，現在在樓上病房休養、祕密沒有洩漏出去、土石流完全掩埋了洞穴，還有桑普金井被砸毀了……他答應之後再找時間告訴麗琪更多細節。

「你媽媽呢？」麗琪問。

「在外面，她在打電話連絡我爸。」

麗琪跑去找媽媽，萊恩的爸爸和威爾梅特先生也在這個時候抵達醫院，先前他們一直在工廠裡。即使是好天氣，工廠的收訊都已經很差了，更遑論在狂風暴雨的情況下，訊號微弱到幾乎收不到。所以過去一個小時他們完全沒接到各自老婆的奪命連環 call，直到十五分鐘前才接到通知。

兩個男人向萊恩走來時，萊恩站起身。

「恩尼……？」威爾梅特先生小聲地問，語氣甚至有點害怕。

「手骨折了，沒腦震盪。他現在在睡覺，在 314 病房。」

威爾梅特先生匆匆離開去找恩尼，萊恩的爸爸則拉著自己的兒子。

「你看起來有夠糟的，」道格・哈迪說。他勉強擠出一個微笑，眼神卻充滿恐懼。

「我沒事，」萊恩說。「我聽說貸款的事了。」

「別管貸款了，」他爸爸說，顫抖的雙臂抱住萊恩，把兒子拉近身邊。萊恩感覺得到爸爸抱他時整個身體都在發抖，彷彿他很害怕放手。

這是好幾個月以來的第一次，萊恩不再感到害怕。

他也沒放手。

23 嚴肅的對話

恩尼的爸媽坐在病床床沿盯著他看。他們已經這樣子一整天了，彷彿害怕一分神就會失去他一樣。

他爸爸說，他們很抱歉過去這幾個月來都把恩尼蒙在鼓裡，他們早該告訴恩尼工廠和銀行的事。爸爸的這番話讓恩尼很驚訝，因為他講完後沒多說任何藉口，他爸媽就只是向他道歉，沒有再加上什麼附帶條件。

他爸甚至承諾他們會改善，他和恩尼的媽媽會對恩尼更坦白，會把那些影響他們全家的事都告訴他。

就從現在開始。

「三個月前，」他爸爸說：「工廠接到一個國際公司的大訂單，他們即將在辛那提設立新廠。」

這是個好消息，不只是對恩尼和他們家而言，對工廠以及整個小鎮都是。

唯一的問題是，為了要接這個訂單、產出足量的產品，他爸爸勢必得擴廠。

「但這不是好事嗎？」恩尼問。

「是好事沒錯，」他爸回答。「擴廠代表我可以請更多員工，問題是擴廠需要資金。」

「所以妳把艾迪爺爺的房子賣掉就是為了籌錢？」恩尼問他媽媽。

她點點頭。「但你爺爺的房子很老舊了，而且在鎮的那一邊……」他媽媽就此打住，沒再說下去。「嗯，簡單來說，賣掉房子拿到的錢也改變不了什麼。」

「銀行就是不願意借錢給我們，恩尼，」他爸說。

忽然間，恩尼理解他爸媽這陣子為什麼壓力這麼大又對他這麼冷淡了。問題本身已經夠糟糕了，但努力找出解決方法後，卻又遭別人攔阻，這種情況更是令人抓狂。

「所以，恩尼，」他爸爸問，直直地看著他兒子。「你覺得要怎麼辦？」

恩尼覺得自己完全了解他爸媽的意思。但答案是如此簡單明瞭，他還懷疑自己是不是漏聽了什麼。

「為什麼不賣掉我們的房子？」恩尼說。「價錢高很多對吧？」

「呃，是高很多，」他媽媽回答。「但我們要住在哪？」

「住艾迪爺爺家啊。」

他爸爸和媽媽望著彼此。

「兒子，我覺得這個主意很不錯，」他爸說。

他媽媽面露希望，但同時也帶著一絲懷疑。「賣掉我們房子的錢就會夠了嗎？」

他爸爸聳聳肩。「我不知道，但值得一試。」

清倉拍賣

老舊的襯衫、老舊的連身裙，還有好多好多老人的衣服。

整理這些舊衣並不在珍娜的休假計畫內。她是新生兒護理師，才剛在醫院輪完兩班，現在已經精疲力盡。但她媽媽對她情緒勒索，說：「妳一直在工作，我都看不到妳了。」珍娜心生愧疚，所以她們現在一起在教堂的地下室裡，為兩個月一次的清倉拍賣會標示物品價碼。

珍娜桌上的那些箱子是一個剛過世老教徒的孫女捐的，過去一小時，珍娜已經整理了大半，但還有大概三、四箱沒整理。

她抓起下一個箱子，裡面裝了各種有的沒的東西：土司機、幾把園藝剪刀、掛鐘，還有一個……這是什麼鬼……

在整堆物品的最下方有個很老舊，但仍保存良好的盒子。她把盒子抽出來好好端詳。

是把雷射槍，很古老的玩具雷射槍，像是五〇年代生產的那種，完全沒被拆封過。

盒子上寫著「飛俠哥頓雷射槍」。珍娜不太知道那是什麼，但她男友德魯的宅男言論已經深植她的腦海，她馬上就認出飛俠哥頓這個名字。盒上繪製的是頭罩著一個五加侖水瓶的飛俠哥頓，他正用雷射槍射擊一個看起來很詭異、長得像妖精的外星人，光是盒子本身就是科幻迷的寶貝。

她小心翼翼地打開盒子檢查，裡頭的雷射槍完整無缺。

德魯看到一定會高興得發瘋。

瑞德格一家

查德・芬尼根把車停在離房子半個街區遠的地方，他已經在車裡等了大約十分鐘。自從他回家以來，他經常開車經過這棟房子，有時候一星期還會經過三、四次。有好幾次他想把車停下來，但卻因為害怕面對而作罷。

但昨晚坐在救護車裡的那兩個男孩——斷了手的那個小男孩，以及瘋狂大笑的那個大男孩——告訴他是時候了。

結清欠款

隔天萊恩一整天都賴在沙發上和爸爸一起看電影，他的腳踝下面還墊了枕頭。麗琪放學後也過來了，在經歷前幾天的事情之後，她的心情還是有點激動，不太確定是該給萊恩擁抱還是使勁揍他的手，所以她這兩件事都做了。

不論是被抱還是被打，萊恩都默默接受了。

傍晚的時候，萊恩又有別的訪客，是厄爾先生陪同泰絲來訪。日光讓厄爾先生昨晚小小冒險所受的傷看起來更明顯。事實上，他的模樣看起來還更嚴重了。過了一晚，他的臉瘀青腫脹，眼眶也被撞得發青，拜萊恩的額頭之賜還斷了鼻樑。

相反地，泰絲看起來神采奕奕。她穿了灰色的套裝和高跟鞋，手拿一個皮製公事包。她也表現得和往常不太一樣，她有一點嚴肅，也可以說是專業，像是來處理公事一樣。

事實證明，她也的確是來處理公事。

她在萊恩和他爸媽對面坐了下來。「記得我昨晚跟你說我奶奶沒有老年痴呆，她知道你一直不讓她付錢給你吧？」她說。「嗯，這就是她處理那筆錢的方式。」

她從她的公事包拿出一小疊文件，並將文件的第一頁交給萊恩，那是一份以他的名義做投資的季營收報告。

「我不懂，」萊恩說。

「因為你太善良了，從來不拿她的錢，」泰絲解釋：「所以她開始幫你存錢，存到信託裡。接著她把這些錢投資到一間我經手籌資的新創公司。」她指著頁面底下被圈起來的數字。「可以說，這公司成功了。」

萊恩看著被圈起來的數字，也就是投資的淨值，那的確是很大一筆金額，在南區不太常看到這麼大的數字。

「我的天……哇。」他爸爸驚嘆。

「這錢買不起海濱度假房，」泰絲說。「但應該可以幫忙付點大學學費。」

萊恩看著他媽媽。「看樣子，妳要回去上課了。」他說。

「什麼？」他媽媽詫異地問。「不，親愛的，那是給你……」

「我是在投資，」萊恩說。他向爸爸使了一個眼神。「這是我的生意，對吧？」

「那當然。」他爸爸回答。

喬許的願望成真

喬許・瑞德格回到家時，他聽到廚房傳來笑聲。

今天在學校已經發生夠多詭異的事了。恩尼・威爾梅特和萊恩・哈迪都沒來上學，厄爾先生的課還來了一個代課老師，各種關於昨晚在樹林裡發生什麼事情的謠言也在學校四處流傳。最受歡迎的一則是厄爾先生從惡魔崇拜的獻祭儀式救出了恩尼和萊恩。

「喬許，我們在這裡！」他媽媽從廚房呼喚他。他放下背包走進去，看到他爸媽坐在餐桌前，還有……

「查德！」

「嗨，小夥子，」查德站起身給了喬許一個熊抱。「你長高了耶。」

「嗯，有長高一點點，」喬許說，在桌旁坐下。

「查德和你爸剛剛才在講他教他們兩個男孩開手排車的回憶。」

「你哥，」查德對喬許說：「他在換檔的時候一直往下看。」

「還開到中線的另一邊，」喬許的爸爸補充。

「所以你爸大叫『麥特！眼睛看路！』結果麥特一慌就抬起頭來，腳還放開離合器。」

喬許的爸爸大笑。「自從被你們兩個開過之後，那輛可憐的車開起來就跟以前不一樣了。」

查德和喬許的爸媽繼續像這樣聊了好幾個小時。喬許完全聽不懂他們在講什麼，但他一點也不在意，他只希望他們能一直這樣聊下去。

幸福就是得到一把飛俠哥頓雷射槍

「你確定嗎？」那女人問，手輕輕地擦過航空公司櫃臺人員的手。「我知道頭等艙還有位置，我上網查過了。」

她很漂亮，那是很驚人的美貌，完全可以去上電視節目。

德魯已經看過很多像她這樣的女人，那種習慣別人順著她意思的女人。

「雀絲女士，我很抱歉，」他說。「但這班航班沒有升等服務。」

女人怒氣沖沖地走開了。

德魯拿出手機，再讀了一次他女朋友珍娜傳來的簡訊。她剛剛傳了一張照片給他……他簡直無法相信。

一把路易・馬克思玩具公司出產的原版飛俠哥頓雷射槍，狀態簇新！

毫無疑問他拿到寶了。但最棒的是，是珍娜發現它的。他知道珍娜內心其實很討厭這些東西（嗯，事實上她沒有隱藏她的厭惡，而且她也自始至終都對這東西很感冒），但她還是幫他弄來了。

德魯抬頭，看見一個看起來很和善但神色疲憊的女士靜靜地站在他的櫃臺前。

「噢！真是抱歉，」他不好意思地說。「要辦理登機報到嗎？」

「沒關係。」女士微笑，將她的機票遞給德魯。

她的資料顯示在電腦螢幕上，她是艾芙琳・里夫，兩天前才剛訂票。

德魯又抬頭看了看那位女士。服務臺的工作讓他變得很會看人，德魯知道艾芙琳・里夫搭飛機不是為了旅遊。她的機票是這幾天才訂的，而且她雖然很有耐心，但眼神卻流露出一股哀傷，她不是要去參加葬禮就是要去看病重的親人。

德魯操作著電腦。「先去紐約，再轉機到波士頓？」

「沒錯，先生。」艾芙琳輕輕地說。

德魯又敲了幾下鍵盤，接著印出她的登機證。「里夫女士，妳的登機證，」他將登機證遞給她時，身子微微往前傾。「我希望妳不會介意，」他悄悄地說：「我把妳升等到頭等艙，妳的腳可以舒服一點。」

里夫女士接過登機證，有點困惑。「我……謝謝你，」她的語氣有一絲絲驚訝。

「太感謝你了。」

德魯微笑。「里夫女士，祝妳一路順風。」

24 老房新生

「恩尼！」他媽媽在樓下呼喚他。

「來了！」

從臥室走出來後，恩尼會經過通往詭異閣樓的樓梯，但他已經不再害怕了。暑假才剛開始，而這裡已經成為他家好一陣子了。

這是恩尼‧威爾梅特所經歷的其中一個美好轉變。曾有一度，恩尼整隻手臂都上了厚重的石膏。剛從醫院回家的時候，他還擔心他爸媽這輩子都要把他當成脆弱的小嬰兒了。但讓恩尼驚訝的是，在自己受傷之後，他在爸媽的眼裡卻變得更加堅強。

首先，他爸媽讓他坐在車子前座，接著在去年秋天他又突然急速抽高（呃，比較精準地說是抽高了一點點）。恩尼的爸爸甚至答應今年暑假要教他操作割草機。

恩尼的爸媽也更常和他聊天了，生活的各種大小事情都會和他分享。事實上，某天他們一起翻閱古老的家族照片時，恩尼的爸爸還特別指出那位古怪的茉爾特姨婆。她對災難有種莫名的執著，以送出最糟的生日禮物和聖誕禮物出名。她送過的禮物包括急救箱、軍用水壺、水質淨化錠，好像還有一個無線收音機。她好像在某個特殊場合還送過……

一具滅火器。

因為，就如同茉爾特姨婆總愛掛在嘴邊的那句話：你永遠不知道什麼時候會需要。

恩尼走下樓的時候，迪克蘭已經坐在椅子上吃著切成片的蘋果。

「萊恩有來嗎？」恩尼問。

「他放下迪克蘭就走了，」他媽媽說。「他早上得割哈默利太太的草坪。」

萊恩的媽媽現在每週有三天會去俄亥俄州立大學上課，恩尼的媽媽則在哈迪太太去上課或讀書的那幾天幫忙照顧迪克蘭。

事實上，過去這幾個月來，威爾梅特家已經變成恩尼和他朋友們放學後的非正式集會場所。萊恩和麗琪幾乎每個下午都會過來，有時候麗琪也會帶她表妹安柏一起來。湯米和溫斯頓三不五時也會來訪。房子常常很吵雜又熱鬧，總是有人把外面的土踩進來、弄髒房子，增加混亂程度。

恩尼知道這就是他媽媽喜歡的樣子。擁擠、吵鬧、亂糟糟的——家的樣子。

「爸已經出門了？」

「他和哈迪先生一早就出門了，」他媽媽說。萊恩的爸爸負責擴廠的事宜，已然成為恩尼爸爸工廠的副手。

就如恩尼所提議，他爸爸在去年秋天的感恩節前夕出售他們家的房子。房子很快就賣給了一位積極的買家，恩尼和他家人就搬到了艾迪爺爺的舊家。

雖然恩尼的爸爸把房子賣了一個好價錢，但錢還是遠遠不夠支付擴廠計畫所需的金額。不過威爾梅特家族投入自己的財產，甚至還賣掉自家房子來救工廠的消息傳了出去，這引發小鎮鎮民不小的回響。

像馬可斯・厄爾和泰絲・哈默利的鎮民，或像史坦利・杜南警探（已退休）和傑克・浩特的鎮民。像湯姆・謝伊醫生和薩爾門・帕蒂爾醫生。像麗琪的媽媽以及和她一起工作的醫生、護士、看護以及行政人員，甚至還有很多恩尼不認識的人。

是那些懷有心願的人。

或者，他們只是抱持著希望。

這些人都不怕去告訴彼得・比克斯——唐納利富達銀行的總裁——他們正考慮把錢轉出銀行。身為一個堅信企業在追求利潤的同時也要履行社會責任的人，彼得・

比克斯決定是時候重新調查一些數據了。

威爾梅特鍛模公司剛好趕在聖誕節前取得貸款。

繼承房產

送迪克蘭去威爾梅特家後，萊恩走到對街哈默利太太的家。自從葬禮之後，泰絲就在懸崖唐納利和舊金山之間兩邊跑。萊恩很驚訝她居然沒賣掉她奶奶的房子，但是當他知道泰絲和厄爾先生開始約會後，他就沒那麼驚訝了。

萊恩走向車庫時，泰絲從廚房窗戶向他招手，萊恩也揮手和她打招呼。泰絲人在加州時會請萊恩代她看管房子，意思是他要做往常的庭院工作，外加收信和留意房子的狀況。她當然有付薪水給萊恩，但其實即使沒付他錢，萊恩也很樂意做這些事情。

萊恩打開車庫，把割草機加滿油。在放回汽油罐時，他記起去年秋天恩尼拿了一袋蘿蔔剩下的生日禮物——百衲被和玩具雷射槍——來哈默利太太家的情景。萊恩在哈默利太太去世時用上了百衲被，但至今他都不知道雷射槍到哪去了。有時候，他想自己可能會在車庫的某個舊箱子後面找到雷射槍，但其實在內心深處，他知道它早就不在這裡了。

像這樣的朋友

「妳看起來真漂亮。」

「我看起來超奇怪的。」

「別這樣，」麗琪的媽媽說。她們才剛從裁縫師那裡拿回伴娘禮服，她媽媽就等不及想讓麗琪試穿。

麗琪的媽媽和謝伊醫生即將在秋天結婚。那會是場小型婚禮，僅邀請家人和幾個要好的朋友參加。謝伊醫生的弟弟是伴郎，麗琪則是她媽媽的伴娘。新娘的婚前單身派對就她們倆。

「我要拍張照給湯姆看，」麗琪的媽媽說，拿出手機。

「媽……」麗琪抗議。

「呃，這裡的光線太暗了，」她媽媽說，一邊嘗試從不同角度拍照。「我們去外面拍吧。」

「媽！」麗琪又更大聲地抗議。

抗議無效，麗琪的媽媽不願意讓步。她放下手機，用兩隻手抓起麗琪的手，領著她走到外面。

接著她想起自己沒拿手機出來。

「在這裡站好，」她說。「我馬上回來。」

麗琪站在前院的草坪上，希望接下來的三到五分鐘都不會有人經過這條街。

「嗨，」萊恩向她打招呼，他正拖著哈默利太太的垃圾桶到馬路邊。「現在就在返校治裝還太早了吧？」

「閉嘴，」麗琪惱怒地說。「這是婚禮要穿的禮服。」

「我猜到了。」萊恩說。

萊恩沒再繼續說下去，這讓麗琪不自在地動來動去。

「你不喜歡。」她說。

「我喜歡啊。」他很堅持。

「沒關係，你不用假裝喜歡。」

「我沒有在假裝。」他回答。

「我就是知道你在裝。嗯，反正我也不是適合穿禮服的那型。」

「麗琪，」萊恩說：「我已經告訴過妳了，我覺得妳很漂亮。」

「那次不算。」

「那次當然算啊。」

「不算，」她說。「那時候我在哭，你是不得已才這麼說的。」

「我是真心的。」

「還是不算。」她不打算讓步。

「我是真心的，」他直截了當地說。「我是真心的。妳很漂亮，真的很漂亮，不只是因為這些……」他揮揮手指著麗琪的禮服、髮型、臉妝，以及其他打扮。「麗琪，妳一直以來都很漂亮。」

麗琪沒想到萊恩會這麼說，稍稍倒抽了一口氣。雖然她很開心聽到萊恩說的話，但她也很訝異地發現其實自己並不需要聽到這樣的稱讚。

即使是從萊恩・哈迪的口中說出來也一樣。

麗琪意識到，這個自我認知或許就是她一直以來想要的。

她媽媽終於拍好伴娘照之後，麗琪用最快的速度換回原本的衣服，簡單地吃了三明治當午餐，接著去和恩尼會合。

上個學年結束前兩週，厄爾先生以前的主日學老師——一位叫艾芙琳·里夫的女士——請他幫一個忙。紐約的一家大出版社跟里夫女士簽了一本童書的合約，她很快就要交定稿給她的編輯。她問厄爾先生是否有想到任何願意試讀她小說的學生。

很自然地，厄爾先生想到恩尼和麗琪。

書名是《像這樣的朋友》，故事設定在新英格蘭的一個小鎮，主角是一名叫做史都華的十三歲男孩。某天，他發現他最好的朋友納許其實是個惡魔。當然，故事很驚悚，裡面有很多魔鬼和天使（令人意外的是天使比魔鬼更可怕），以及因為恐懼而變成暴徒的鎮民（不過麗琪毫不意外，這些人類比天使和魔鬼都還要可怕），但史都華始終對朋友不離不棄，因為即使朋友的出身不好，身為朋友就要相挺。

麗琪很喜歡這本書，甚至還試著說服萊恩也讀讀看，不過卻徒勞無功。現在她和恩尼要去學校跟里夫女士與厄爾先生討論故事內容，在她寄定稿給出版社之前給她一些建議。

麗琪腋下夾著厚厚的文件夾，快到恩尼家的時候，她忍不住想到她表姊雀兒喜。買下恩尼家北區房子的人，正是雀兒喜的父母。因為麗琪的媽媽明確表示她和麗琪都不會向雀兒喜和派蒂阿姨道歉，所以麗琪的姨丈羅恩就得做點什麼來討好他跋扈的老婆和女兒。

所幸，鎮上最令人夢寐以求的房子即將出售。

事情會這樣發展還真是有趣。

從某方面來說，雀兒喜和派蒂阿姨反而因為她們各種小心眼和殘忍的行為得到獎勵，這讓麗琪感到有點忿忿不平，但她試著不再把心思放在她們身上。

況且，這對可憐的安柏來說正是個好機會。因為現在派蒂阿姨的心思都在新家上，而雀兒喜的心思都在……嗯，在她自己身上，安柏就能把之前努力讓自己變成隱形人的精力放在更有用處的地方，例如運動（她排球打得很不錯），還有和麗琪一起出門。麗琪從來沒有忘記，她反抗雀兒喜的那天，安柏靜靜坐在她身邊的情景，雖然這可能只是件小事。

但最堅強的友誼就是從小事開始的。

麗琪抵達時，恩尼正眼巴巴地在前門階梯等待著。

「那是什麼？」他跳下臺階，指著文件夾問道。

「紙稿，」麗琪說。「我做了一些筆記。」

「像認真閱讀時會做的筆記？」恩尼問，馬上開始擔心。「我們還要做筆記喔？可是我沒做耶。」

「沒事的啦，我確定。」

「我的意思是，我只是單純在看小說，」他繼續說：「我是看好玩的，妳懂我的意思吧？」

恩尼開始激動起來。他過度聯想的能力有時候讓麗琪很驚嘆。在一起經歷這麼多事情之後，她以為恩尼應該已經學會不要小題大作。

「恩尼……」麗琪慢慢地說。

「我可以回去拿……」

「恩尼，」這次她說得比較快。

他停了下來，用詢問的眼神看著麗琪。「放輕鬆？」

「放輕鬆，」麗琪說。

「好。」

漏網之魚

恩尼和麗琪抵達時，萊恩和泰絲正坐在哈默利太太家的廚房餐桌旁。他還是把這裡當成哈默利太太的廚房，他覺得泰絲也是這麼想的。如果他除草時，泰絲也剛好在鎮裡的話，她總會邀他進屋吃個三明治，或喝杯飲料配塊餅乾。有時候他們會聊天，有時候他們就只是一起靜靜坐在廚房，這樣也很不錯。

「我們要去學校囉，」恩尼說。「你要一起來嗎？」

「不知道耶，」萊恩懷疑地說。「我又沒看那本書。」

「沒關係啦，厄爾先生也沒有讀。」

萊恩不太想去，但泰絲對上他的雙眼，對他使了一個眼神，像是在說：去享受人生，找點樂子，不要浪費青春。

「嗯，好吧。」他說。

他們走去學校的路上，恩尼和麗琪你一言我一語地討論書的內容，完全沒有停下來，萊恩只是默默跟在他們身後。

他並不介意。

過去幾個月來，萊恩盡力不去多想關於過去這一年發生的所有事情。雖然事情最後的發展比他原本敢想像的好很多，但有時候他還是會覺得……被騙了。

他也知道他這麼想很荒謬。他沒有因為企圖竊盜而被關到少年觀護所已經夠幸運的了，實在沒有資格再抱怨。但是，他真心希望能夠實現的那個願望，在最關鍵的時候，井卻沒有發揮作用，這件事讓他難以釋懷。

全新的桑普金井

厄爾先生幫孩子們打開前門。他們走進學校的時候，恩尼注意到萊恩不自覺地往中庭走去。

去年四月，趁著洛德瑟林中學在春假關閉的期間，溫斯頓・帕蒂爾和湯米・布雷克斯用帆布遮起中庭，不讓別人看到他們的創作。

接著，六週之後，在獨立紀念日週末前的星期五，帆布被撤了下來，他們的祕密計畫終於公諸於世。在中庭中央，湯米很仔細地用廢棄物蓋了一個和桑普金井等大的複製品。整個骨架是由被丟棄的廢料、扭曲變形的金屬或塑膠製品，以及木頭和磚塊等殘片所組成。這些廢品都曾經是某件物品的一部分，但現在卻重新以不同方式拼裝起來，創造出全新的作品。

獨一無二的作品。

接著，在那個原本應該是玻璃，但最後卻成了鎮民多年來無法直視的醜陋水泥磚牆上，溫斯頓繪製了一幅兩層樓高的巨幅壁畫，上面鉅細靡遺地按比例畫出懸崖唐納利鎮上的所有地標，任何細節都不放過。

中庭揭幕時並沒有大張旗鼓。開學日當天有個簡短的集會和剪綵儀式，大家也都客氣地拍了拍手，就這樣而已。

沒有記者，也沒有電視臺的攝影機。

這件事也沒有在社群媒體上瘋傳。

但接下來，隨著時間流逝，人們開始在中庭加入自己的創作。井裡出現一頁護貝過的書頁，書頁是從老舊的醫學教科書上撕下來的，上頭介紹著眼睛內聚力不足的問題；一雙老舊的慢跑鞋也加入它的行列，鞋子外側有點燒焦，還帶有燒焦葉子的味道。幾天之後，一個嬰兒病房的迷你識別手環也出現了，接著還有一張從威爾梅特鍛模公司領到的首張薪資單的存根。還有很多。

一開始誰也沒想到會這樣。但有時候，事情的發展就彷彿它們擁有自己的意志一樣。湯米之所以創造出桑普金井的複製品，只是為了紀念這個大家鍾愛的地標。但自從去年秋天桑普金井被砸毀（楓樹加閃電的事件）後，懸崖唐納利的鎮民就開始把湯米的複製品當成桑普金井二代——原來那口井的替代品。過不了多久，新的桑普金井就自成一格，成了當地的地標。人們可以去那裡寄託希望、許下心願、創造自己的故事。

恩尼和麗琪在走廊盡頭轉彎，走向厄爾先生的辦公室，萊恩遠遠落後，盯著中庭看。

「你們先走，」他說。「我等等就過去。」

井還留了一手

「他們做的真的很不錯，對吧？」

萊恩轉過身，看到厄爾先生站在窗戶旁。「是啊，」萊恩回答。「真的很棒。所以，你一定很驚訝吧？你以前的主日學老師就要變成有名的作家了。」

「不會啊，其實不太驚訝，」厄爾先生說。「她一向很會說故事。」

「是嗎？」

「是啊，」厄爾先生說，微微一笑。「不然你覺得我是從哪學來的？」

他們靜默了一陣，接著萊恩說：「我想知道……你真的相信這些事嗎？井啊、願望啊，還有恩尼說的閣樓裡的舊玩具這些事？」

厄爾先生若有所思地看著萊恩。「你的意思是，我相信你說的話嗎？」

「嗯，你這麼說也對。」

「我相信你說的是實話。」

「你只回答了一半，」萊恩說。「我的問題是……」

「你的問題是，我相信奇蹟嗎？」

萊恩的表情彷彿在暗示：是你說的喔，不是我，但既然你提到了，你相信奇蹟嗎？

厄爾先生將重心從一隻腳換到另一隻，一邊思考問題的答案。「你記得我第一次在班上說桑普金井故事的時候嗎？」

「記得，你在班會時說的。」

「我們討論到民間傳說和傳奇，以及人們之所以會說故事的原因。」

萊恩點點頭。

「那時你提到恐懼，你說故事是為了讓小孩恐懼和順從。」

「我以為我那麼說讓你生氣了。」

厄爾先生搖搖頭。「我沒有生氣。你是對的，但還有其他原因，那天沒人提到。故事把我們串連在一起，連結了你和我。我們的故事就是我們共同的歷史，是一種彼此建立關係的方式，就算那些故事只是人們的想像。」厄爾先生聳聳肩。「我不知道桑普金井是不是真的能實現願望，但我一點也不在乎。我只知道你和你的朋友幫了很多人的忙，對我來說，這才是最重要的。」

萊恩和厄爾先生回到教室的時候，恩尼、麗琪和里夫太太剛好討論完書的內容。里夫太太帶了一些自己做的餅乾和檸檬汁，還告訴他們厄爾先生小時候的故事。

接著恩尼問她是怎麼找到出版社來出版她的書的，她開始說起一個很奇妙的故事。

她說，她是在他們家家境很困難的時候開始寫書。她先生因為工作受傷失去了原本的好工作。他們手頭很緊，也很擔心會失去房子。除此之外，她住在波士頓的母親也生了重病，已是風中殘燭，但他們家卻負擔不起送她去和母親告別的機票錢。

她不知道的是，她兒子默默地從超市的打工工作存了一些錢，替她付了機票的費用。里夫太太告訴他們她兒子走進廚房，手裡還握著一疊皺巴巴鈔票的情景。

就是在此時，一股奇異的感覺從萊恩的背脊往脖子上竄。

在家人的催促下，里夫太太在最後一刻用她兒子給的錢買了去波士頓的機票。而後又因著某人的慷慨大方，以及在命運奇特的安排之下，里夫太太被升等到頭等艙，剛好坐在紐約一位大出版商的編輯旁邊。

萊恩動也不動地坐在椅子上。他全身發涼，整個人緊張不已，但他並不討厭這個感覺。

「你還好吧？」麗琪小小聲問，輕輕推了萊恩一下。

「嗯？」他回應著，一邊轉向她。

「你看起來像看到鬼。」

萊恩說：「沒有啦，我很好。」他沒有再多做解釋。

里夫太太的先生開車來學校接妻子時已經傍晚了，里夫太太謝謝麗琪和恩尼的幫忙，熱情地抱了抱他們。

「也謝謝你，馬可斯，」里夫太太說，輕輕親了親他的臉頰。

「不客氣，里夫太太，」厄爾先生說。在那一瞬間，萊恩彷彿看到他老師還是小孩時的模樣。

里夫太太走向車子時，萊恩看到一個比他大幾歲的男孩從副駕駛座走出來換到後座，把前座讓給他媽媽。那個男孩剛好看向萊恩，就那麼一秒，他們四目交接。

萊恩知道了。

萊恩知道他就是那個在井邊的男孩。他的故事對萊恩的衝擊最大。他的願望就是那個被井遺漏的願望。

萊恩甚至不在乎事情到底是怎麼發生的。他不在乎一把本來要給蘿蔔・威爾梅特的玩具雷射槍——蘿蔔的最後一件生日禮物——是怎麼從哈默利太太的車庫跑到它該去的地方，好讓艾芙琳・里夫坐到出版商旁邊。事實上，不知道比較好。

因為萊恩意識到儘管他聽過幾個願望，但緊接在這些心願之後的是更多他從未聽聞過的願望。或許到了最後，這才是重點——你無法解決世界上所有問題，但你可以在所處的小小角落竭盡全力。

然後懷抱希望。

進入黑暗

湯米不記得自己曾怕過黑。打從年幼，他總是有更實際的事情要害怕。

但今晚真的很黑。沒有月光，天空也一片漆黑。這一個街區大部分房子的門廊上都沒有裝燈，他很難看到前方的路。

四周也一片死寂。

他們大約凌晨三點出發，騎著腳踏車穿越沉睡中的小鎮。湯米雙手穿過手提包的提把，像後背包一樣背著。包內笨重的物品在他踩踏板的時候一邊撞擊他的背脊。

他沒想到溫斯頓會一起來，到現在他還是很驚訝。在新桑普金井揭幕之後沒多久，湯米告訴溫斯頓他的這個計畫，他也很明確地告訴溫斯頓他沒有義務要幫自己的忙，如果他不想的話也沒有關係。

但溫斯頓從一開始就全心投入，湯米這才意識到自己應該早就要料到溫斯頓會很願意幫忙才是。自那個風雨交加的夜晚之後，溫斯頓就成為湯米的靠山，湯米知道他不是完全獨自一人。

但他也知道情況變得「比較好」跟「完全好轉」之間還是有很大的差別。雖然在過去幾個月，帕蒂爾家已經變成湯米的第二個家，但它還是第二個家。之後還有很多年，他得要住在他的第一個家，還是得忍受他爸喝醉酒之後的大發雷霆和皮帶抽打，因為在「比較好」和「完全好轉」之間總是會有一些比較糟糕的過程。

未來總是會有一些難熬的日子。

亮出皮帶扣環的日子。

在這段日子，湯米還是可以躲到學校後方的儲藏室。自從暴風雨那晚之後，儲藏室已經不只一次派上用場。那地方帶給他不少慰藉，工友楚門總是會不小心將一袋洋芋片或一罐可樂遺留在儲藏室。有時候，湯米也會注意到可樂總是很冰涼，洋芋片也總是落在很顯眼的地方。他不禁心想，或許老工友其實也並非一無所知。

湯米和溫斯頓在小鎮最南端一條樹木林立的安靜街道轉了彎。這一個街區某些房子門廊上的燈是亮的，湯米可以看到前方的指示牌。

「快到了。」他說。

小鎮邊緣的犯罪行動

半夜三更，傑克・浩特睡不著覺，於是他燒了開水，坐在廚房想事情。

他住在懸崖唐納利最南端一棟簡樸但他悉心維護的房子裡，距離隔壁南利伯蒂市的邊界僅一百英尺之遙。當然，自從他和史坦利・杜南獲得霍利奧克紅寶石的獎金之後，傑克的朋友一直開玩笑要他捲款潛逃，到佛羅里達或是夏威夷之類溫暖有陽光的地方。

說實話，有時候他確實有點心動，但他不能丟下史坦利，而且這個小鎮畢竟是他家。

夜晚很寧靜，所以儘管那兩個男孩刻意保持安靜，傑克還是聽得見他們在街上騎著腳踏車的聲音。兩個男孩都穿著黑色連帽衫，體型比較大的男孩身後背著一個手提袋。

男孩們騎經他家的時候，傑克・浩特拿起電話，一臉警惕地看著他們。有一瞬間，他想他們可能是在勘查這區，準備要偷車或進屋行竊。

但當機會來臨時，這兩個騎士都錯過了。反之，他們朝著小鎮邊界的市政指示牌騎去——那個歡迎訪客來到懸崖唐納利的指示牌。

傑克已經抱怨那個討厭的指示牌好幾年了。在經過某人塗改之後，指示牌變成了：

IF ON LY

從來沒有人把它改回來。

抵達指示牌所在之處後，體型比較大的那個男孩把手提袋放到地上，開始翻找裡面的東西。就在傑克準備報警的時候，他注意到一件事：兩個男孩拿出的東西不是噴漆，而是模板、油漆刷和小罐的油漆。

傑克在窗邊的高背椅坐下，一邊喝茶，一邊看著兩個男孩以輕快的動作與極高的效率靜默無聲地工作著。大男孩流暢、小心地將整片指示牌重新上漆，留下一片空白讓小男孩把字重新印上去。

小男孩做完後，大男孩又重新接手，謹慎地用他的油漆和油漆刷漆過指示牌的邊緣。大約二十分鐘後，兩個男孩收拾好工具，重新溜進黑夜之中。

男孩們離開後，傑克・浩特坐在他的椅子上睡著了。

他在破曉時分醒來。他披上長袍、穿上靴子，走到一百英尺外的指示牌前。當第一道曙光穿過地平線，他看到男孩們重上過油漆，且已經修復好的指示牌。不僅如此，他們還改造了原本的牌子。雖然是新的油漆，但他們刻意把指示牌弄得很復古，彷彿歷經了風霜。而且牌子樣式經典，永遠不會過時。

現在指示牌上以正式又易讀的字體寫著：

歡迎光臨俄亥俄州懸崖唐納利

WELCOME TO CLIFFS DONNELLY, OHIO

人口：我們

致謝

首先我想感謝我的家人，謝謝我出生成長的家庭，和我後來建立的家庭。人是沒辦法單打獨鬥的，至少我沒遇過這樣的人。

謝謝妳，克莉絲汀，妳總是第一個閱讀我寫的東西，也總是第一個（或常是最後一個）給我意見的人。

謝謝我的爸媽和愛麗森。在眾多要感謝的事情當中，我要謝謝你們總是讓我懷有自己是家裡最聰明的人的幻想。

衷心感謝我的編輯珍妮・亞伯拉莫維茲，謝謝妳讓這本書變得更好，謝謝妳讓我變得更好，謝謝妳超強的領導力。

謝謝艾蜜莉・米雪兒，我出色的經紀人。也謝謝她在成為我經紀人之前給予的大力支持。雖然我很確定在她收過的信中，我的信是最沒說服力的一封，但她還是答應閱讀我的草稿，而她也確實讀了。雖然草稿電子檔的格式整個亂掉，書中一半的文字全都擠在一起，那稿子彷彿是史上最長的拉丁文古卷。

這個故事絕大部分是在闡述小小善意會帶來的難以磨滅的影響（更不用提眾多善意匯集時能帶來的力量）。寫到這裡，我想感謝那些對我伸出援手，且不求回報地給我幫助的人。這些善良的人們是：山姆・畢查拉、珍・雷茲尼克、彼得・圖爾奇、史黛芬妮・梅塔、卡羅琳・瑪納提、比爾・史特勞斯、史提芬・懷特、布蘭登・哈爾平、瑪莉蘇・魯奇、喬・珀迪、唐娜・里夫金，以及班・溫德爾。

最後，雖然我已經將這本書獻給我的老師們，但有兩位我想要特別指出：凱倫・蘇瓦沛和戴瑞・亞烏。其中一位告訴我不要害怕失敗，因為失敗不會長久；另一位則叫我少說話、多聆聽，因為我沒有我自以為的聰明。

他們說得都很對。

國家圖書館出版品預行編目資料

如果鎮的許願井／凱斯・卡拉布雷斯著,沈奕伶譯.—
—初版一刷.——臺北市：三民，2021
面；　公分.——（青青）
譯自：A drop of hope
ISBN 978-957-14-7180-8（平裝）

874.596　　110005806

青青

如果鎮的許願井

作　　者	凱斯・卡拉布雷斯
譯　　者	沈奕伶
封面繪圖	Asta Wu 吳雅怡
責任編輯	林雅淯　林芷安
美術編輯	黃霖珍
發 行 人	劉振強
出 版 者	三民書局股份有限公司
地　　址	臺北市復興北路 386 號 (復北門市) 臺北市重慶南路一段 61 號 (重南門市)
電　　話	(02)25006600
網　　址	三民網路書店 https://www.sanmin.com.tw
出版日期	初版一刷 2021 年 5 月
書籍編號	S871270
I S B N	978-957-14-7180-8

A DROP OF HOPE
Copyright © 2019 by Keith Calabrese
Traditional Chinese copyright © 2021 by San Min Book Co., Ltd.
Published by arrangement with Scholastic Inc., 557 Broadway, New York, NY 10012, USA
ALL RIGHTS RESERVED

著作權所有，侵害必究
※ 本書如有缺頁、破損或裝訂錯誤，請寄回敝局更換。

三民書局